나는 이렇게 일어섰다

나는 이렇게 일어섰다

초판 1쇄 인쇄   2007년 9월 3일
초판 1쇄 발행   2007년 9월 13일

지 은 이   장옥순
펴 낸 이   손형국
펴 낸 곳   (주)에세이
출판등록   2004. 12. 1(제395-2004-00099호)

주   소   412-791 경기도 고양시 덕양구 화전동 200-1 한국항공대학교
              중소벤처육성지원센터 409호
홈페이지   www.essay.co.kr
전화번호   (02)3159-9638~40
팩   스   (02)3159-9637

ISBN 978-89-6023-137-5 03810

나는 이렇게 일어섰다

장옥순

기록하지 않은 날은 살아 있는 날이 아니라는 생각으로 교단에
서 아이들과 나눈 작은 이야기들을 책으로 엮기 시작하여 이제
여섯 번째 세상 나들이를 합니다. 지면에 발표해 온 원고들을 모
아 책으로 엮어 우리 반 아이들에게 선물할 생각을 하니 숙제를
다 마친 학생처럼 홀가분합니다.

"나는 세상을 강자와 약자, 성공과 실패로 나누지 않는다. 나는
세상을 배우는 자와 배우지 않는 자로 나눈다." - 사회학자 벤저
민 바버(Benjaminn Barber)의 말을 참 좋아합니다. 그것은 학교
라는 울타리가 아니더라도 배움을 향한 열정이 있는 사람에게는
어떻게든, 언제든지 배움의 기회 앞에서 낙오되지 않으리라는 확
신 때문입니다.

살아 있는 동안, 내 배움의 원천이었던 하느님과 책, 아이들, 그

리고 좋은 사람들과 세상의 모든 일과 자연 속에서 날마다 배우고 낮아져서 가난한 내 그릇을 채웠다가 비우는 연습을 계속할 것입니다. 가정과 교실을 다람쥐처럼 오가는 삶의 이야기들이어서 글샘이 얕아 무던히 망설였지만 용기를 주신 손형국 에세이 사장님께 진심으로 감사드립니다.

더 나은 도전을 위해, 새로운 배움을 위해 떠나보내는 제 영혼의 씨앗들이 어느 님의 마음 밭에서 아름답게 싹을 틔울 수만 있다면, 작은 격려가 된다면 알몸을 드러낸 제 영혼이 부끄럽지 않겠지요?

언제나 나의 영원한 글샘의 원천인 사랑스런 우리 반 아이들과 제자들, 가장 큰 벗이며 동반자로서 열심히 사는 남편 김인호, 열심히 공부하여 엄마의 뒤를 이어 공무원이 된 딸 아이 지선이, 힘든 군 생활을 잘 마치고 열심히 공부하는 아들 지완이가 힘이 되었습니다.

다시 빈 가지로 서서 글과 삶이 같아질 수 있도록 처음 마음으로, 가난했던 젊은 날의 마음가짐으로 돌아가서 아이들과 세상을 더 사랑하며 살겠습니다. 나처럼 가난과 시련으로 아파하는 아이들에게, 마음이 가난한 사람들에게 작은 희망의 등불을 켜 줄 수 있는 동반자가 되고 싶습니다.

가난은 내 인생의 스승이었습니다. 그러나 그 가난은 살아남기 위해 달리지 않으면 안 될 원동력이 되어 나를 몰아세우곤 했습니다. 아직도 제 영혼은 배가 고픕니다. 아직도 듣고 싶은 말은 "공부 좀 해라"입니다. 바닥이 보이지 않는 배움의 길 위에서 모래 알만한 작은 깨달음 하나만이라도 얻기 위해 다시 여행을 떠납니다. 까만 눈망울 속에 온 우주를 담고 사는 착하고 귀여운 아이들 속으로 달려갑니다.

　마지막으로 내 인생의 멘토였던 아버지의 영전에 이 책을 바치며 아직도 가난과 시련으로 힘들어하는 어버이와 자녀들에게, 배움의 길에서 망설이는 이들에게 마중물이 되어 힘찬 펌프질을 할 수 있기를 바라는 마음 간절합니다.

2007년 8월

저자 장옥순

차 례

2 동그라미 선생님

3 내 남편의 별명은 '쑥캐남'

1
늘 처음 마음으로

늘 처음 마음으로

자신 있게 꿈을 좇으라. 상상했던 삶을 살라.

— 소로 —

벌써 여름 장마가 지리산 계곡을 할퀴고 있다. 조용히 흐르던 계곡의 물들이 하룻밤 사이에 불어난 물로 성난 물줄기를 하류로 보내고 있다. 맑고 깨끗한 소를 이루던 시내가 아니다. 문득 유년의 언덕에 몰아쳤던 폭우를 생각해 본다. 그 물살에 휩싸이지 않으려고, 거슬러 오르려고 몸부림치던 한 소녀가 거기 서 있다. 목숨을 다해 회귀하는 연어처럼.

이제 나는 연어가 되어 두고 온 유년의 강을 다시 오르려 한다. 지상에서 할 일을 다 끝낸 연어처럼 내게 닥쳤던 운명에 인내의 신발과 순종의 지팡이를 들고 눈물 흘렸던 긴 시간을 알알이 엮어 지상에 되돌려 놓고 싶다. 그리하여 내가 뿌린 연어 알이 배고픔을 해결하고 앞으로 나아갈 힘을 줄 수 있기를 바라며, 늘 처음 마음으로 돌아갈 것을 다짐하며 이 글을 쓰고자 한다.

1. 어두운 터널
눈에 눈물이 없었다면 무지개가 피지 못했을 것이다.

— J. 번즈 —

1956년 음력 2월 28일. 나는 마흔다섯 살의 아버지와 스물여덟 살의 어머니 사이에서 무남독녀로 태어났다. 어쩐지 부모님의 나이가 맞지 않은 느낌! 그랬다. 아버지는 첫 부인을 6·25 전쟁 때 잃고 늦게야 어머니와 재혼하셨다. 늦도록 자식을 두지 못한 아버지가 그토록 기다린 득남의 소식 대신 사흘 동안 산통 끝에 태어난 나는 출생부터 불효를 했는지도 모른다. 건축 기술자였던 아버지는 아들을 소망하며 질긴 세월을 한탄하셨으리라.

일제시대에 태어나셔서 일제 강점기에 젊음을 보낸 아버지는 일본인 건축 기술자에게 전수받은 기술 덕분에 해방 후에 대접받는 기술자가 되었다고 한다. 학교 건물이나 공공시설의 신축 공사에서 붉은 벽돌 쌓기의 1급 기술자였던 아버지는 남과 북을 오르내리며 몇 달씩 집을 비우곤 하셨다 하니 가정이 원만하지 못했던 같다. 내가 네 살 나던 해, 아버지는 외가에 맡겨진 나를 데려오는 것으로 어머니와의 인연을 끊으셨던 것이다.

3년 동안 나를 홀로 키우신 아버지의 아픔과 인생에 대한 회한이 어떠하셨을지, 자식을 둔 지금 생각해 보면 가슴이 저려 온다. 늦은 나이에 얻은 자식 하나가 그나마 아들도 아닌데, 가정마저 온전히 지키지 못하고 쉰을 바라보는 나이에 딸자식을 키워야 했던 아버지는 먼 곳으로 일을 맡아 떠나시면 이웃집 아주머니에게 나를 맡겨 놓고 다니셨다 한다. 밤늦도록 잠을 자지 않고 보채고 울며 어미를 찾는 나를 안고 흘렸을 아버지의 피눈물! 지금 내 나이가 그때 아버지의 연세와 같으니 그 아픔이 절절해진다.

아버지가 세 번째 부인을 맞이한 것은 내 나이 일곱 살의 칠월 칠석이었다. 동네 아주머니들이 나더러 친엄마가 왔다고 했지만 믿지 않았다. 나는 지금도 '기른 정이 낳은 정보다 크다'는 말에 공감하는 사람이다. 새어머니는 열네 살 차이가 나는 아버지와의 결혼 생활을 잘 극복하려고 노력했던 분이다. 그럼에도 불구하고 일곱 살 소녀는 새어머니를 마음에 받아들이는 데 오랜 시간을 보내야 했다.

아버지의 긴 방황으로 살림이 거덜 난 집안에 와서 아버지를 믿고 가정을 꾸린 어머니의 헌신적인 노력으로 안정되어 가던 우리 집. 너나없이 가난했던 1960년대, 초등학교 입학식 날 옆집에 꾸어 준 돈을 미처 받지 못해서 입학금을 못 낼 뻔해서 마음 졸였던 어머니. 계모 밑에서 자라던 소녀는 발랄하지도, 눈치가 빠르지도 못해서 늘 꾸지람 들을 일뿐이었다. 성질이 불같은 어머니에 비해 느려 터지고 고집쟁이였던 나는 매를 벌곤 했다.

그래도 초등학교 5학년 말까지 우리 집은 날로 좋아지는 분위기였다. 가난 속에서도 새어머니와의 신혼 재미에 살림을 불려 가던 아버지. 가끔 찾아오는 친어머니로 인해 생기던 부부 싸움만 뺀다면 아무 걱정이 없었는데, 운명의 신은 가혹한 장난을 시작하고 말았으니…. 까닭 모를 병으로 시름시름 앓던 어머니. 병원에서는 병명도 모르고, 어머니를 지극히 아끼시던 아버지는 지푸라기라도 잡는 심정으로 푸닥거리를 한 달이 멀다 하고 해 댔으니 우리 집에서는 굿하는 소리가 끊일 날이 없었다. 삶에 지쳐서 일손을 놓아 버린 아버지와 병든 어머니, 초등학교 졸업마저 힘든 내 모습만 남았다.

2. 내 인생의 빛(아! 선생님)

광선은 비록 더러운 곳을 통과할지라도 오염되지는 않는다.

— 아우구스티누스 —

장성중앙초등학교 6학년 1학기의 한 장면. 아내의 병고에 지친 아버지와 깡마르게 아파 가며 헛소리를 하는 어머니 사이에서 사춘기 소녀는 말이 없어졌으며, 누렇게 뜬 얼굴로 수업 중에 졸도를 하고 만다. 놀란 선생님과 친구들이 십시일반으로 쌀을 모아 우리 집에 오고, 아버지는 그 보답으로 학교에 도서 한 질을 기증하시기도 했던 일. 가난 때문이라기보다는 아버지의 절망과 좌절이 더 무서운 병이었던 그때. 그 일을 계기로 담임선생님(퇴직하신 김신석 교장 선생님)은 나에 대한 각별한 배려를 하셨고, 친구들도 많은 위로가 되어 주곤 했다. 5, 6학년 동안 나를 담임하셨던 선생님은 나의 은인이시다. '아는 것이 힘이다'며 공부하는 자세를 혹독하게 채근하셨고, 완벽함을 요구하셨던 분이다.

그때는 중학교를 입시를 통해 진학하던 때라서 집안 형편이 좋은 친구들은 담임선생님께 과외 수업을 받으며 공부를 하던 시기였다. 우리 반 친구들도 밤 10시까지 선생님 댁에서 공부를 하며 광주의 명문 중학교였던 전남여중을 목표로 열심히 공부할 때였다. 과외비를 낼 엄두도 못 내는 나를 위해서 무료로 함께 공부를 시켜 주신 선생님은 몸이 약한 나를 위해 여름이면 집으로 데리고 가서 2학년 때의 담임이셨던 사모님(박미자 선생님)께서 삼계탕을 고아 주시며 다독이셨으니, 은사님 부부의 따스한 모습은 지금도 어제 일처럼 가슴에 남아 있다. 훗날 전남여중에 합격하고서도 가정 형편으로 진학을 포기하게 되었어도 혼자 설 수 있었던 힘은 선생님의 충고와 격려가 큰 버팀목으로 나를 지탱해 주었음이니, 적절한 시기의 가르침은 나를 성장시킨 밑거름이 된 것이다. 나는 지금도 6학년 담임을 즐겨 맡곤 한다. 사춘기에 들어선 아이들의 자아 정체성의 확립을 위해서 그 선생님처럼 진솔한 충고를 아끼지 않으며 나도 그분처럼 살기 위해서….

3. 다시 태어난 삶
하늘은 스스로 돕는 자를 돕는다.

전남여중에 합격하고서도 납부금과 통학문제를 해결할 수 없어 진학을 포기했지만, 공부에 대한 열망을 저버리지 못했다. 초등학교 졸업을 앞둔 겨울방학 동안 나는 알파벳 공책을 네 권이나 써 가며 필기체와 인쇄체를 완전히 익혔다. 그리고 졸업할 때 부상으로 받은 영어 사전을 보며 발음하는 방법까지 혼자서 다 익혔다. 준비를 해 두면 기회가 올 때 한발 앞서 가리라는 믿음으로. 그런 믿음은 헛되지 않았다.

그 당시에는 중학교에 진학하지 못한 가난한 학생들을 위한 삼동고등공민학교(장성군)가 있었다. 이미 입학시험이 끝났지만 친구 언니의 도움으로 그 학교에서 한번 오라고 하여 가 보니 전남여중에 합격한 것으로 높은 점수를 주어서 다닐 수 있게 된 것이다. 매달 내는 얼마간의 납부금이 있긴 했지만 그것도 성적이 좋으면 감면되었으니, 집에서 다니면서 집안 살림을 해 가며 공부를 계속할 수 있으니 얼마나 감사한 일인가? 함께 입학한 친구들 중에 공부할 기회를 놓친 사람은 나보다 훨씬 나이가 많은 선배들도 있었으며 한 교실에서 70명이 함께 공부해야 하는 열악한 환경이었지만, 그마저도 감당하지 못해 졸업할 때는 30명을 채우지 못했다.

3년 다니는 동안 검정고시에 합격을 해야 고등학교에 진학할 자격이 주어지는 학교였으나 중도에 탈락하는 친구들이 많았다. 가정 형편 때문에 일터로 나가는 친구들이 늘어나고, 사춘기의 방황을 이기지 못해서 자신의 처지를 비관하는 마음 아픈 경우가 늘 생겼던 그때. 나도 3학년 1학기 때 공부를 놓아 버린 적이 있었다. 빚에 쪼들려 집마저 팔고 객지로 나간 부모님. 거처할 곳이 없어 학교의 도움으로 졸업할 동안 귀계원(고아원)에 머무르게 되었을 때 진학의 희망조차 없어 검정고시마저 포기하려 했던 방황의 시간. 그때도 떠나신 은사님(김선배 선생님)이 긴 편지로 채찍과 격려를 주셔서 다시 일어설 수 있었다. 선생님은 늘 내 인생의 광선이 되어 주신 것이다.

　부모님이 떠나신 고향에서 홀로 남은 나는 검정고시에 합격하고 졸업장을 손에 들었지만, 고등학교 진학은 꿈도 꿀 수 없어서 귀계원에서 운영하는 어린이집에서 보조 보모를 하며 1년 반을 보냈다. 그곳에서 나는 숙식을 해결할 수 있었다. 그때는 통신고등학교 제도가 없었다. 공부할 수 있는 길을 뚫던 나는 월급으로 받던 2천 원으로 5백 원 하던 고등학생용 통신 강의록을 사서 독학하기 시작했다. 음악 선생님을 꿈꾸던 나는 어린이집 선생님의 피아노 반주법을 눈으로 익혀 두며 쉬는 날이면 혼자서 연습하고 기초부터 배워 나갔다. 덕분에 1년이 되었을 때는 수업 시간에 정식 선생님 대신 피아노 반주를 맡아 해 주기도 했으니, 기회란 노력하는 자의 몫인지도 모른다.

　주경야독의 꿈을 일구면서도 다행이었던 것은 가난 속에서도 살아 계신 부모님이 내가 살아야 하는 목적의식이 되어 나를 채찍질하는 힘이 되었다. 중학교를 졸업할 때 환갑을 맞으신 아버지는 한 잔씩 잡수시던 술마저 끊으시며 "앞으로는 내가 너에게 의지할 텐데 술까지 먹을 수 있겠냐?' 시며 눈물을 보이실 땐 내가 집안을 일으켜야 한다는 강한 다짐이 마음 깊숙이 자리 잡았다. 아버지의 지극한 간호로 생명을 이어 가던 어머니와 늦게 낳은 딸 하나를 가까이 두지 못하고 원하는 학교마저 보내지 못해 마음 아파하는 아버지의 노후가 내 어깨에 있다는 소명의식은 나를 성숙시키고 있었다. 내겐 사춘기의 방황도 사치였으며, 가난도 조금 나쁜 환경일 뿐 두려움의 대상이 아니었다. 성당에서 세례를 받고 성경을 가까이하며 생활했던 믿음이 나를 더욱더 고무시켰는지도 모른다. 그 하느님이 내 편이 되어 주리라는 굳센 믿음! 내가 바라는 것이 옳다면.

어린이집 보조 보모 생활은 경제적으로 전혀 도움이 되지 않아, 마음이 바쁜 나는 강의록을 외판하는 일에 뛰어들었다. 눈 쌓인 시골길을 다니며 나처럼 학업의 기회를 놓친 젊은이들을 설득하러 다니던 무모한 용기는 어디서 났을까? 밤이면 갈 데가 없어서 장성역 부근의 학원 2층에서 불도 없는 밤을 이불 하나에 의지하면서도 좌절하지 않을 수 있었던 그 희망은 곧 부모님이었다. 해가 다르게 늙어 가는 부모님의 모습은 아픔 그 자체였으며, 곁에서 모시지 못하니 더욱 안타까운 일이었다.

그러던 중 정읍에서 사시던 아버지에게 일자리가 들어와서 어머니랑 나와 함께 살 수 있게 되어 우리 가족은 고창으로 이사를 가게 되었다. 그런데 이삿짐을 싣고 가던 트럭이 돌길에서 튀어오르는 바람에 아버지는 허리를 다쳐 일자리를 얻지도 못하고 고창군 심원면에 방을 얻어 짐을 풀어야 했을 때는 하늘이 원망스러웠다. 허리를 다쳐 누운 아버지. 병약한 어머니의 생계를 위해 바다로 조개 잡는 날품팔이를 두 달쯤 하던 나는 어떤 결단을 내려야 했다. 빈곤에서 헤쳐 나갈 길을 찾아야 했다. 그래서 선택한 일이 서울에서 가정부를 하러 떠나는 일이었다. 월급을 꼬박꼬박 모아 전세방이라도 얻고, 그동안 공부를 해서 고졸 자격 검정고시와 공무원시험에 합격해서 부모님을 모시고 사는 꿈을 꾼 것이다. 기약도 없는 이별을 앞두고 서울로 떠나기 전날, 우리 가족은 쑥을 캐다가 개떡을 만들어 아버지를 모시고 서해 바다가 보이는 산을 올랐다. 아무도 나를 객지로 내몰지는 않았지만 가족이 살 길은 내 선택뿐이었기에 그 운명 앞에 순종하는 것이, 운명을 사랑하는 것이 지름길이라고 믿었다.

1974년 5월 7일, 서울로 떠나기 하루 전날, 심원면 하전리 뒷산에서 우리 가족은 슬픈 이별을 준비하면서도 아무도 울지 않았다. 지금 생각하면 아버지가 얼마나 피눈물을 흘리셨을까 생각하니, 이 글을 쓰는 내 가슴이 미어진다. 텔레비전에서 생활고를 비관하여 한 가족이 죽음을 택하는 뉴스를 볼 때면 30년 전의 그 산이 떠오르곤 한다. 어쩌면 그때 부모님은 죽음을 생각했는지도 모른다. 어버이날, 어버이에게 피맺힌 눈물을 남기고 서울로 식모살이를 떠나는 나는 울지 않았다. 앞만 보기로 했으니까. 마음이 약해질 때면 성경을 꺼내 읽었다. 잠언을 읽으며 나를 채찍질하곤 했다.

그렇게 시작된 서울 생활 20개월 동안 나에게 주어진 시간을 철저히 사랑했다. 갓난아기를 돌보고 식사를 준비하는 일, 초등학생 두 아이의 공부를 봐 주는 일, 청소를 하고 손빨래를 하며 손에서 물이 마를 새가 없었지만 공부하는 시간도 꼭 챙겼다. 통신강의록으로 고등학교 과정을 모두 마치고 수학에 대한 자신감이 섰던 1976년 3월, 20개월 동안 시간과 돈을 아끼느라 한 번도 가지 않았던 집에 내려갔다. 월급을 모아 고향인 장성읍 대창동에 전세방을 얻어 부모님과 함께 살게 된 것이다. 그때의 행복함을 무

엇에 비길까? 가족이 함께 산다는 것! 그것은 가장 아름다운 일이
다. 생계 대책은 막연했지만 근근이 이어 가며 가난한 밥을 먹었
고, 웃음이 있었다. 도서관에 다니며 마지막 마무리 공부하기를 5
개월. 1976년 8월 고등학교 졸업 자격 검정고시 전 과목 합격과
지방행정직 시험에 모두 합격하는 기쁨을 얻었다. 중학교 졸업
자격 검정고시 후 5년이 지난 21살, 친구들이 대학 2학년이던 때
였지만 참으로 감사한 일이었다. 학원의 문턱은 물론, 참고서마
저 구하기 힘든 상황 속에서 기본 학습에 철저히 매달린 눈물과
땀의 합격증! 그것은 부모님을 모시고 살고 싶다는 오직 한 가지
소망을 하나님이 어여삐 여기신 거라고 믿었다.

4. 아이들 곁에서
성공하려면 시간을 아껴라.

공무원시험에 합격했지만 1년 가까이 발령이 나지 않아 애를
태웠다. 그때는 교사들의 발령이 늦어서 교대 졸업생들이 공무원
시험을 보던 때였다. 나와 함께 시험에 최종 합격한 사람 30명 중
에서 여자가 4명에 불과했다. 한 명은 교대 졸업생, 나머지는 전
남여고 졸업생과 광주 여고 졸업생이었다. 공무원시험에 합격한
덕분에 발령이 늦어져도 가족을 위한 일감이 들어왔다. 중학생들
의 과외 지도교사로 부르는 곳이 많아져서 부모님을 모시고 사는
데는 부족함이 없었다.

1977년 6월, 나는 장성군 삼서면사무소 민원실에서 어엿한 직장
인으로 서게 되었다. 그래도 학업에 대한 미련을 버릴 수 없어서
방송통신대학교 초등교육과에 합격하여 다시 공부를 계속할 수
있었다. 같이 공부하던 분들은 거의가 초등학교 현직 교사였다.

그때는 출석 수업이 길어서 직장에서 시간을 빼서 나오는 것이 여간 힘든 일이었다. 그래서 나는 일요일 근무를 자청해서 많이 했고, 일이 많은 날은 밤을 새며 야근도 했다. 그러한 노력을 가상히 여긴 면장님이나 상사의 도움으로 출석 수업을 하루도 빠뜨리지 않고 마쳐서 무사히 졸업을 하고 준교사 자격증을 취득할 수 있었다. 더불어 공무원 생활 3년 4개월 동안 인생의 배필을 만날 수 있었으니 하늘이 준 축복이었다.

부모님께는 안정된 수입원이 생기게 되어 모처럼 행복한 시절을 보냈던 그때, 나 또한 남편을 만나 여자로서 사랑의 아름다움에 눈뜨며 결혼의 꿈까지 이룰 수 있게 된 것이다. 어린 날 버림받은 쓰린 기억으로 인해 절대로 결혼하지 않겠다던 내 마음을 사랑으로 깨뜨린 남편과의 만남은 나를 따뜻한 사람으로 만들어 가고 있었다.

1980년 9월, 초등학교 교사 순위고사에 합격한 나는 한 달 동안의 교생 실습을 거쳐 나를 기다리는 고흥군 가화초등학교에서 48명의 4학년 담임으로 첫발을 딛게 되었다.

5. 새로운 도전
원의 중심에서 몇 개라도 반경을 그을 수 있듯이 길은 얼마든지 있다.

— 소로 —

교직 경력 23년째. 가난을 이기고 배고픔을 해결하기 위해, 가족과 나 자신을 위해 앞만 보고 달려온 시간의 열매는 나름대로 풍성했다. 친정 부모님은 살아 계신 동안 딸과 함께 사셨고, 아들을 두지 못한 아버지는 외손자의 출생을 보고 나보다 더 기뻐하셨으니 조금은 효도했다고 생각한다. 유별난 엄마의 공부 방법 덕분에 학원 교육이나 개인 과외의 덕을 누리지 못하고도 전남대학교와 고려대학교 대학생이 된 남매와 삼성생명 호남 고객센터장으로 열심히 사는 남편도 내가 받은 축복이다.

혼자 공부하면서 즐겨 읽던 문학 책 덕택에 나도 독서하는 기쁨에서 창작하고 싶은 열망으로 시작한 글쓰기에 대한 짝사랑 10년! 처녀 시절부터 가끔 응모하던 습작이 열매를 맺어 하나 둘 싹이 크고 있다. 광주·전남 여성 백일장 장원을 시작으로 1997년 월간『문예사조』에 시조로 등단했으며, 문학 공부를 하고 싶어서 존경하는 국문학 교수님이 계신 대학에서 석사학위(논문: 「초등학교 시조교육의 활성화 방안」, 2002년 교육대학원 졸업)를 받았다. 그동안 동인 활동으로 발표해 온 작품들을 모아 산문집『아버지의 손』(2003년 4월, 2쇄, 도서출판 한림)과 시집『나무는 시인이다』(2003년 2월, 도서출판 한림)를 출간하였다.

그러나 아직도 나는 길 위에 있다. 이제 내가 받은 은혜와 감사를 모두 돌려주는 일이 남았기 때문이다. 사랑하는 제자들에게 영혼의 양식이 될 연어 알을 한 알도 남김없이 내주기 위해 세찬 물살을 거슬러 오를 마지막 도약이 남은 것이다. 교단의 아름다움을 문학으로 승화시키는 새로운 도전이 기다리고 있어서 다시금 처음 마음으로 나를 채찍질하려 한다.

* 이 글은 2003년 교육인적자원부 주최 능력중심사회 실천사례 발표 최우수상 수상작품입니다.

오메, 돈 벌어야제 무슨 놈의 공부를 해!

"중학교에도 갈 수 없는디 공부는 무슨 놈의 공부. 제발 가서 일을 해라. 돈 벌어야제. 오늘도 학교에서 놀고 왔제? 니 분수를 좀 알아야제. 아이고 아무 것도 없는 것이 허구헌 날 책만 보면 되냐? 책을 보면 돈이 나오냐, 옷이 나오냐 제발 책 좀 그만 봐라."

아직도 귀에 쟁쟁한 새어머니 목소리입니다. 전깃불도 귀한 시절이라 단칸방에서 밤늦게까지 불을 켜 놓고 학교 공부를 하고 있으면 여지없이 내 책을 문 밖으로 내동댕이치던 새어머니.

내가 초등학교 5학년 때부터 알 수 없는 병에 시달리던 새어머니는 자신의 병수발을 하느라 집안 살림을 도맡아 하던 나를 늘 매몰차게 다그쳤지요.

더구나 나는 무남독녀라서 아버지의 지극한 기대를 받았지만, 비틀어지기 시작한 집안 사정은 공부하고 싶은 나를 그냥 놔두지 않았습니다. 그래도 아버지는 가난해서 중학교에 갈 수 없다는 것을 아시면서도 학교에 다녀온 내 필통을 열고 날마다 연필을 손수 깎아주실 만큼 공부하기 좋아하는 딸을 품어 주셨습니다.

나이가 많으셨던 아버지와 살림을 꾸린 새어머니가 알뜰하게 살면서 6년 동안 이룬 살림이 거덜나기 시작한 것은 내가 5학년 되던 겨울이었습니다. 이름 모를 병으로 앓기 시작한 새어머니 때문이었습니다. 중학교에 낼 입학금까지 어머니의 병원비로 날리고 졸업마저 불안할 정도로 끼니마저 겨우 이어갔던 1968년은 내 인생에서 가장 혹독한 겨울이었습니다.

그 당시에는 초등학교에서도 이름 있는 중학교에 몇 명을 합격시켰는지가 학교를 평가하고 선생님들을 평가하는 중요한 잣대였습니다. 마치 오늘날의 명문대학 진학률을 자랑하는 현실처럼.

우리 반 50명 중에서 공부를 더 하고 싶은 친구들은 저녁마다 담임선생님 집에 가서 밤늦도록 공부를 더 하고 과외비를 냈습니다. 읍내에서 제일 큰 초등학교였던 우리 학교에서는 광주의 명문 여중에 학교 대표 20명이 응시하여 8명이 합격하였으며, 그 중에서도 4명이 우리 반이었으니 담임선생님이 얼마나 열심히 가르치셨는지 모릅니다.

우리는 교과서를 줄줄 외웠고, 음악책의 악보까지 외워서 적어 낼 만큼 날마다 쪽지시험을 보았으며, 체육 시간은 운동회 연습과 중간 체육 시간으로 채워졌습니다. 다른 친구들은 모두 광주로 진학을 하여 하숙을 하거나 이사 갔지만, 나는 합격자를 발표하는 날 전남여중 교장 선생님과 악수를 하는 것으로 모든 게 끝났습니다.

그때 전남여중의 커다란 리기다소나무에 걸려있던 합격자 번호 속에 들어 있던 나의 합격 번호 '353' 번은 내가 평생 기억하는 아픈 번호가 되었지요.

집안 형편상 광주에 있는 중학교 시험을 보면 절대 진학할 수 없으니, 집에서 다닐 수 있는 장성여중에 장학생으로 입학할 수 있게 원서를 써달라고 발이 닳도록 담임선생님을 설득했다던 아버지.

그러나 학교와 담임선생님의 명예욕에 무참히 짓밟힌 나는 '학벌지상주의'의 피해자로 남아야 했습니다.

다른 친구들은 비싼 과외를 하면서 들어간 중학교였지만, 나는 새어머니의 구박을 받으면서도 단칸방의 호롱불 아래서 콧구멍이 시커멓도록 책을 달달 외우고, 손끝이 아프게 공부를 해서 120 문제 중에 117개를 맞았습니다. 당시 중학교 커트라인이 113개였던 입시의 관문을 통과한 기쁨도 잠시였습니다.

어려운 입시의 관문을 통과한 기쁨도 잠시….

나는 장성군내의 학력경시대회에서 전체 1, 2등을 하거나 300명이 넘는 우리 학교 6학년 시험에서도 1, 2등을 놓치지 않았습니다. 이렇게 열심히 공부할 수밖에 없었던 이유는 아버지의 간절한 소망 때문이었습니다. 내가 장성여중 장학생이 되기만 하면, 우리 가족이 입에 풀칠만 하더라도, 어떻게든 나를 중학교라도 졸업시키겠다는 것이 아버지의 소망이었습니다.

그래서 이런 아버지의 소망에 부응하였던 어린 소녀의 꿈을 깡그리 뭉개버린 학교 측의 처사를 가끔 원망하기도 했습니다. 그러나 내게 주어진 운명이 스스로 개척하며 살아야 함을 깨닫는 데는 그리 긴 시간이 걸리지 않았습니다.

어찌 보면 최고의 인간 교육은 월터 스콧이 말한 것처럼 '스스로가 스스로에게 가르치는 교육'이므로, 홀로서기에 성공한다면 정식 학교가 아닌 길도 있으리라고 굳게 믿었습니다. 초등학교 시절에 얻은 공부에 대한 자신감으로 책을 많이 읽고 열심히 공부하면 검정고시로 학력을 인정받는 길이 있다는 것을 알게 된 것입니다.

다른 친구들이 멋진 여중생 교복에 단정한 이름표를 착용하고 다닐 때 나는 삼동고등공민학교에 약간의 납부금을 내고 다니면서 집안 살림을 하고, 어머니의 병수발을 하면서 열심히 살았습니다. 때로는 끼니 걱정을 할 정도였고, 집마저 어머니 병원비로 날리고 홀로 남았을 때에도 희망의 끈을 놓지 않았던 용기를 지금도 그리워합니다.

3년 동안 다닌 삼동고등공민하교 덕분에 검정고시에 합격하여 중학교 졸업 자격을 얻을 수 있었습니다. 가난한 나에게 기회를 주셨던 고 이상설 교장 선생님과 오형준 교감 선생님, 김선배 선생님, 이영수 선생님을 비롯한 은사님께 머리 숙여 감사드립니다.

고등학교에 갈 희망은 여전히 없어서 그때부터는 생활전선으로 뛰어들어갔습니다. 어린이집 보조보모에서부터 책 외판원을 거쳐 서울에서 가정부 생활도 2년 동안 했습니다. 나는 월급의 대부분으로 책을 사서 읽었으며, 고등학교 통신강의록으로 5년 동안 공부를 지속했습니다.

그 당시(1976년), 고등학교 졸업자격 검정고시 전 과목(9과목)을 한꺼번에 합격한 것은 내 나이 21살 때였으며, 그것을 바탕으로 공무원 시험까지 합격하여 부모님의 생활을 책임질 수 있게 되었습니다. 그때의 기쁨이 너무 커서 한없이 울었습니다.

마지막까지 가장 힘들었던 수학 공부를 할 때는 답을 거꾸로 꿰어맞추는 식으로 공부를 하면서 기본 문제에 충실하여 원리를 습득하였고, 어려움을 이겨냈습니다. 학원에 다닐 형편도 아니었고 누구에게 물어볼 형편도 아니었으니 무작정 멍청하리만큼 '오직 해내야 한다'는 일념으로 나 자신을 채찍하며 극복했습니다.

초등학교 졸업 후 8년 만에 안정적인 직업을 찾아 부모님을 모시고 공무원 생활을 했습니다. 그리고 대학에 진학하지 못한 아픔을 다시 되새기며 통신대학 초등교육과에 합격하여 2년 과정을 마치고 준교사 자격증을 획득할 수 있었습니다. 그리하여 다시 초등교사 순위고사에 응시하여 합격을 한 후, 교생 실습을 거쳐 초등학교로 발령을 받은 것이 벌써 27년 전 일입니다.

정식 교육대학을 나오지 못하고 아이들 앞에 섰다는 콤플렉스는 나를 늘 배움의 길로 내몰았습니다. 다른 사람들보다 연수 활동에 적극 참여하거나 스스로 피아노 배우기, 수채화 배우기, 고전 무용 배우기 등 배움의 기회 앞에서 나는 늘 낮아졌습니다. 실력이 없어서 아이들에게나 학교에 피해를 줘서는 안 된다는 의식이 무의식 속에서 나를 불러내어 채찍질했습니다.

육아와 학교생활을 하면서도 다시 통신대학 학사과정에 입학하여 학사 학위를 얻고도 채워지지 않는 배움을 향한 갈망은 끝이 없었습니다. 내가 좋아하는 문학 분야의 대학원을 졸업하고 석사 학위 논문까지 통과하여 학위수여기를 손에 쥐면서 어느 정도 채울 수 있었으나, 아직도 나는 배움의 길 위에서 서성거리고 있습니다.

그러나 이제 겨우 인생이 보이기 시작함을 느낍니다. 그동안은 연장을 갈기 위한 세월이었다는 자각이 드는 요즈음은 하루가 아깝습니다. 날마다 뭔가를 읽어야 하고 뭔가를 쓰지 않으면 배고픔을 느끼니 그 갈증을 해갈하기 위해 다시 돌아가려 합니다.

내 영혼을 편안하게 품어주는 책 속에서 만나는 위대한 영혼들과 나누는 가슴 설레는 교감을 자유롭게 기록하고 싶으며, 내가 살아온 작은 이야기가 누군가에게 지혜의 샘물이 될 수 있기를 바라며, 그런 샘물 하나 가질 수 있는 날까지 배우는 자로 남고 싶습니다.

학벌지상주의 사회에서 살아남기 위해 먼 길을 돌아와 보니 배움의 길은 과정만 다를 뿐 어디에나 길은 있다는 깨달음 한 조각이 남습니다. 그 길을 찾는 것도 결국 스스로의 몫이라는 것까지.

나는 어렸을 때 제일 듣고 싶은 말이 "공부 좀 해라"였습니다. 그 말을 해줄 부모님은 세상에 안 계십니다.

마지막으로 내가 참 좋아하는 말로 이 글을 맺고자 합니다.

> "나는 세상을 강자와 약자, 성공과 실패로 나누지 않는다. 나는 세상을 배우는 자와 배우지 않는 자로 나눈다."
> - 사회학자 벤저민 바버(Benjaminn Barber)

나의 작은 이야기가 아직도 학벌지상주의의 피해자로 살아가는 많은 분들에게 작은 용기가 될 수 있기를 비는 마음 간절합니다.

나를 되돌아보게 한 책

2000년 여름, 출판사에 다녀오는 길에 서점에 들렀다. 제목이 주는 신선한 충격에 이끌려 산 책, 〈 낯선 곳에서의 아침 〉을 읽으며 잊고 살았던 내 아픔과 좌절의 상처를 더듬어 보며 나를 바꾸는 여행에 동참하였다.

삶은 나를 위해 존재해야 된다는 것을 다시금 깨닫게 해 준 책이다. 내가 나를 사랑할 때 진정으로 타인도 사랑할 수 있다는 당연한 결과를 받아들이는 데 주저하지 않는다. 내 자신이 가장 원하는 나의 모습이 어떤 것인지, 진정으로 내가 사랑하는 일이 무엇인지 생각해 보게 된다. 늙어간다는 이유로, 타성에 젖어 살아온 대로 나를 맡겨 둘 수 없다는 생각이 든다. 나를 위한 시간에 과감하게 투자해야 하리라. 바로 지금.

내가 원하는 것은 글을 쓰는 것, 책을 읽는 것이다.

그것을 통해 나는 내가 변화해 가고 살아 있음의 환희를 온몸으로 느낄 수 있으니. 오호통재라! 어찌하여 사십대 중반을 넘은 이제 와서 새로운 길에서 기쁨을 얻고자 하는 지… 변화를 원하는 나의 내면의 소리는 더 이상 기다려 주지 않을 것만 같다. 이제부터 살아 있는 나만의 시간을 위해 달리는 일만이 남아 있다.

> 밥 한 그릇과 옷 몇 벌을 사기 위해 자신이 가지고 있는
> 모든 것을 파는 것은 노예이다.

어쩌면 나는 그런 이유 때문에 내 삶의 거의 전부를 소진해 왔는지도 모른다. 살기 위해 독학을 선택했고 살기 위해 직업을 선택했으니까. 70년대 초 나는 정말 밥 한 그릇과 책 한 권을 얻기 위해 어린이집 보조보모로서 1년 남짓 시간을 보냈다.

친구들이 고등학교에 진학하여 학생으로서의 삶의 기쁨과 맛을 느끼며 사는 동안, 나는 밥 한 그릇과 잠잘 곳을 얻기 위해 어른들 속에 들어가서 일해야 했다. 그곳에서 얻은 것은 초보적인 피아노를 치는 것과 고등학교 1학년 과정을 스스로 배울 수 있는 책 4권을 얻었으며 보다 더 귀중한 것은 내 인생은 어느 누구에게도 의지할 수 없다는 깨달음 비슷한 것을 얻었다는 점이다.

피아노도 그저 누군가에게 배웠다기보다는 훔치듯 어깨 너머로 배운 것이다. 정식 교사인 선생이 치는 것을 유심히 듣고 보아 두었다가 아무도 없는 일요일에는 혼자 복습하면서 반주법까지 익혔다. 그 때 배운 피아노 반주로 인해 현직 교사로 근무하는 동안 합창지도 교사, 음악 담당 교사까지 내게 돌아오곤 했으니, 기회란 어느 곳에도 있는 법이다.

내게 주어진 일이 바닥 청소하는 일을 비롯한 자질구레한 일이었지만 배울 수 있는 것이 있을 땐 어떤 수치도 이길 수 있었던 나의 용기에 지금도 감사한다. 어쩌다 피아노를 치다가 원장님에게

들키면 시끄럽다거나 내가 할 일이 아니라는 말을 들을 때가 참으로 비참했지만 나는 잊지 않고 되뇌는 것이 있었다.

'광선은 비록 더러운 곳을 통과할지라도 오염되지는 않는다'는 성 아우구스티누스의 한 마디처럼 나는 광선이 되고 싶어했다. 내게 오는 비난의 화살이 나를 좌절시키지 않도록 무장해야 했다. 더 이상 얻을 것이 없음을 깨달은 나는 몇 개월의 방황 끝에 서울로 달렸다. 몇 개월의 방황. 그 몇 개월은 지금 내 삶의 기둥을 송두리째 바꿀 수 있는 기회였는지도 모른다.

미국으로 일자리를 얻어 나갈 수 있는 기회였지만 3개월의 고민 끝에 포기하고 만 것이다. 이유는 단 하나. 무남독녀인 내가 가면 부모님의 앞날이 염려되었기 때문이다. 가지 못한 길이 아니라 가지 않은 길이었고 명분이 있는 거절이었기에 지금도 후회하지 않는다. 그러나 보다 더 큰 가능성의 기회를 스스로 버렸는지도 모른다는 생각은 가끔 들곤 한다.

푸르스름한 작은 손가방, 그것은 새어머니가 시집 올 때 들고 온 작은 그 가방이었다. 너무 작아서 물건을 담을 수도 없었지만, 담을 물건도 없었던 서울 길. 그 속에 고등학생용 통신 강의록 몇 권, 성경 1권, 속옷 한 벌이 전부였다. 갈아입을 옷조차 변변히 갖추지 못한 채 나는 서울행 기차를 탔다. 일하면서 공부한다는 신념 하나를 굳게 쥐고서.

그 날은 어버이날이었는데 짓궂은 비가 추적추적 내려서 고창 심원면 하전리에서 시골버스를 타고 정읍으로 향하던 나도 울었고 가난 때문에 원하는 공부도 시키지 못한 채 먼 길 떠나 보내던 부모님도 함께 울었던 날. 내가 떠난 뒤 바다에 조개 잡으러 다니며 한 달 정도 신었던 까만 고무신을 붙들고 하염없이 우셨다던 부모님. 우리 가족은 그렇게 이별 연습을 했다.

나는 지금도 운명의 여신이, 내가 걸어 온 길을 다시 돌아가라 한다면 한 순간도 망설이지 않고 다시 갈 수 있다. 그 때만큼 삶을 철저하게 즐기며 살았던 적이 내 인생에서 없었으니까. 다섯 시에 일어나서 아침식사 준비를 하고 식구들의 아침을 챙겨 주고 나면 아침 청소와 빨래가 기다렸다.

어깨가 부서지도록 빨래를 하며 나는 내 자신을 철저하게 세탁했는지도 모른다. 가난한 내 현실을 잊으려 했으며 마음대로 공부할 수조차 없었던 내 현실이 서글펐지만 희망이라는 등불을 매달고 나는 시간을 아껴 썼다.

하늘의 별들이 보이는 시각이 내 일이 끝나는 늦은 밤이었지만 나는 그 시간을 가장 사랑했다. 2층 옥상에 올라가 잠시 별들과 대화를 나누고 나면 세상은 온통 내 것처럼 느껴졌다. 사람들이 잠들고 난 시각이면 서울 하늘에 뜨는 별들이 모두 내 것인 양 나는 행복한 소녀가 될 수 있었다. 알퐁스 도데의 '별'이 그 곳에 있다고 믿었는지도 모른다.

나의 동창들은 이미 고등학교를 졸업하고 대학 진학을 꿈꿀 때 나는 검정고시에 인생의 희망을 걸고 일을 사랑하고 밤늦게 책을 보는 삶 속에서 내 시간을 비축해 가고 있었다. 힘들어질 때마다 찾은 것은 성경의 잠언. 그 속에서 나는 나를 지탱해 주는 기둥을 잡았고 새로운 미래에 대하여 포기하지 않았다.

어쩌면 내가 바라는 일이 바르다면 하느님도 내편이 되어 주셔서 운명의 여신에게 내 일을 부탁해 주시리라고 믿었었다. 아무데도 믿을 곳을 찾지 못하던 내가 한 때는 천주교에 입교하여 세례를 받고 밤낮없이 성당에 다니며 수녀가 되고 싶어 한 적도 있었으나 홀로 된 부모님을 두고 수녀가 되는 것을 극구 말리시던 장 수녀님! 키가 작달막한 그 분은 항상 웃는 얼굴이셨다. 나의 세례명은 '베로니카' 였다.

예수님의 마지막 가는 길에서 진땀을 닦도록 수건을 내 준 여인처럼 나도 사람들의 눈에서 흐르는 눈물을 닦아주고 싶어 그런 세례명을 원했다. 아무도 나를 기억해 주거나 찾아 주지 않았지만 내가 나 자신을 꼭 붙들고 놓지 않으려고 안간힘을 다 했던 것이다. 공부하는 일이 내 인생을 수렁으로부터 건져 내어 내가 하고 싶은 일을 하게 해 줄 거라는 굳센 믿음!

나를 가장 힘들게 하고 지치게 했으며 매달리게 했던 과목이 수학이었다. 고등학교 3년 과정을 혼자 하는 나로서는 시간이 필요했다. 학원에 갈 수 없음은 물론 참고서마저 사기 힘들었지만 풀다가 막히면 영어나 국어를 하며 마음을 달랬다.

어떤 문제는 일주일 뒤에 다시 도전해 보면 나 자신도 모르는 사이에 풀어지곤 했다. 아마 내 머리 속에서 그 문제를 계속해서 생각하거나 무의식이 그렇게 나를 이끌어 갔는 지도 모른다. 그러한 기쁨이, 나를 5년 동안 독학할 수 있게 하는 힘의 원천이 되어 주었다. 영어 숙어를 외우고 독해하며 단어를 외우던 기쁨부터 국어를 공부하며 만나게 된 아름답고 사려 깊은 문장과 글들이 나를 문학에 가깝게 이끌고 있음을 나는 깨닫지 못하고 있었다.

고창군 심원면에 사시던 아버지와 어머니가 어떻게 삶을 지탱하셨는지 나는 알지 못한다. 20개월 동안 나는 명절에도 집에 내려가지 않을 만큼 독한 마음으로 버텼으니까. 그 동안 우리 부모님께 공을 들이던 한 청년이 서울로 나를 만나러 오는 일도 있었다. 이유는 딱 한 가지. 고생시키지 않을 테니 시집 오라는 거였다.

부모님을 모시는 것이며 혼수 준비는 물론 걱정하지 말라는 조건이었으리라. 그 청년의 진실해 뵈는 눈매와 훤칠한 용모는 내가 가진 조건으로 거절하기에는 미안할 정도였지만 내게 있어서 가장 절박한 일은 공부하는 일이 전부였던 때였으므로 앞뒤 분간할 시간 없이 나의 대답은 '아니오' 였다.

잘 생긴 그 총각이 얼마나 큰마음을 먹고 서울에까지 왔으며 우리 부모님을 1년 이상 내 대신 잘 모셨으니 그 정성 또한 참으로 가상했지만 어쩔 수 없었다. 그 뒤 그 청년은 결혼을 하여 자식 낳고 잘 살고 있으리라. 아무 것도 가진 것 없는 불쌍한 노인들에게 선의를 베풀며 기약 없는 미래를 꿈꿀 정도로 순수한 사람이었으니 하늘이 주는 복을 받았으리라고 믿고 싶은 것을.

마포구 창전동 219의 5호 바로 그 집이다. 내가 20개월 동안 젊음을 다해 일하고 주경야독 하던 꿈에도 잊지 못할 집. 주인 내외가 인정이 많고 내 처지를 가상히 여겨 공부하는 것을 기특하게 봐 주던 곳이다.

나는 집안의 대소사를 혼자 치를 만큼 인정받는 머슴으로 자리 잡았다. 혼사를 치르면 웬만한 손님 초대는 혼자 다 해낼 만큼 청소부터 음식 장만에 이르기까지 내게 맡기곤 했으니 말이다. 플라스틱 공장을 하던 그 집은 가을이면 김치 담그는 김장독이 얼마나 많고 컸으며, 봄이면 고추장, 간장 항아리도 여간 큰 게 아니었다.

그 뿐이 아니다. 초등학생이던 두 남매의 학교 공부를 봐주는 일도 내 몫이고 갓난아이를 돌보는 일도 내 몫이었으니 지금 생각해 보면 나는 일복을 타고 난 셈이었다. 내가 가장 행복한 시간은 온 가족이 나들이 가는 날이었다. 같이 가자고 하셨지만 시간을 벌 욕심으로 번번이 따라 가지 않고 집안을 정리하고 혼자 밀린 공부를 하던 재미를 잊을 수가 없다.

그러다 보니 20개월 동안 나는 서울에 살아도 그 흔한 창경원

구경도 가지 않았다. 주인 내외는 내가 공부를 마치고 시골로 내려와 시험을 치른다고 했을 때 서운해하면서도 택시로 서울역까지 바래다 주셨다. 그 뒤로 결혼을 알렸더니 내외가 함께 와서 축하해 줄만큼 정도 많으신 분들이었으니, 살아가면서 베풀고 사는 것이 얼마나 아름다운 일인지 몸으로 보여준 부부이다. 지금도 그 분들이 그 집에 살고 계신지 안부라도 전할 생각이 이제서야 든다.

그 앞집엔 장애우 남학생이 공부하는 모습이 보였다. 이층 다락방이 그 학생의 서재였다. 그 학생이 가장 부러운 것은 책을 많이 갖고 있는 것이었다. 내 월급으로 살 수 있는 책은 극히 한정되었고 그것도 학과 공부 과목일 뿐이니 고전이나 시집을 사 보는 것은 그야말로 희망사항이었던 나에 비해 그 학생은 장애우이었지만 마음대로 공부하는 모습이 참 부러웠다.

> 시간을 자신에게 주어야 한다. 더 이상 쓸 시간이 없다는
> 것은 바로 죽었다는 뜻이다. 만들어 주는 대로 살지 마라.
> 삶은 만들어 가는 것이다.

그렇다! 이제 나는 나 자신에게 시간을 줄 때가 바로 지금이라고 확신한다. 늦었다고 생각되는 바로 지금이 나 자신에게 황금 같은 시기임을 전율할 정도로 예민하게, 절실하게 느낀다.

올 여름, 무더위 속에서 만난 한 권의 책은 나를 낯선 땅으로 이끌어 무디어져 가는 한 중년의 여인을 두드리고 지나갔다.

나를 살린 말

스무 살의 겨울. 통신강의록 교재를 외판하며 향학의 열기를 달래던 눈 쌓인 시골길에서 내가 나 자신에게 부르짖으며 신앙처럼 가슴에 묻고 살던 말이다.

초라한 학원 2층의 추운 마루바닥에서 불도 없이 이불 하나에 의지해서 추운 겨울을 나던 장성 역 부근의 다락방 비슷했던 그곳에서 겨울밤을 새우며 나를 데웠던 말은 그 말이었다.

이제 생각하면 젊음, 그 하나의 무기로 겁 없이 삶의 바다를 헤엄치고 있었던 나. 하루 세끼 식사를 해 본 기억이 거의 없던 그날들이 눈 내리는 날이면 어제 일처럼 살아 오른다.

파산한 부모, 가난한 친척, 의지할 데는 없었지만 마음이 따뜻할 수 있었던 것은 하늘, 하느님에 대한 맹목에 가까운 신뢰 때문이었다. 공부하는 길만이 살길이라 믿었던, 현실을 너무 몰랐던 내가 자신을 지탱할 수 있었던 말은, 바로 '하늘은 스스로 돕는 자를 돕는다' 였다.

그 하느님은 오늘도 나를 감동시키신다. 내 존재까지 부정했던 지난날을 덮어주신 은총. 다시 살게 하신 그 분의 뜻을 깨닫게 되기까지 걸린 20여 년. 내게 일어난 모든 일은 하느님의 기적이었다.

나는 그걸 부정해 본 적이 없다. 보통의 두뇌로 정상 과정을 거치지 못하면서도 이 자리에까지 옮겨주신 분. 존경할만한 남편, 자랑스러운 두 아이들은 그분의 선물인 것을! 좋은 직장, 물질의 축복까지. 외로운 내가 남편을 만나 얻은 그 많은 가족들, 천 명이 넘는 제자들과 동료 교사들까지 내가 얻은 그 모든 것은 하늘이 주신 축복이요, 기적이었음을!

이제 내가 갚을 차례이다. 그분의 그릇으로 쓰시기 위해 거치게 만드신 삶의 여정이었으니 지금 내게 필요한 것은 그 감사를 드릴 기도이다.

그런데도 나는 교만한 마음으로 얼룩진 영혼을 이끌고 사느라 내게 주어진 축복을 내가 고생해서 얻은 당연한 결과로 생각하며 살게 된 지 오래이다. 바쁘다는 핑계로 베풀고 나누기를 두려워하는 욕심 많은 손! 손해보고 살지 않으며 속고 싶지 않아 사람들에게 마음의 문을 열지 못하고 사는 옹졸한 나는, 고생하던 때의 내 마음의 평수보다 훨씬 작은 집에 살고 있다.

내 자신의 일에 최선을 다 하는 것만으로는 해야 할 일을 다 하고 산다고 할 수 없으리라. 물질이 필요한 사람에겐 물질로 돕고 마음의 상처로 힘들어하는 사람들을 위로하며 사는 것이 내가 받은 축복을 되돌려주며 보은하는 길임을 깨닫게 하소서.

아버지의 손

　'아버지' 마음속으로 그 이름을 부를 때마다, 저 머언 심연의 바다에서 밀려오는 파도처럼 가슴 한 끄트머리부터 아려 오는 아픔 한 자락. 이내 눈가에 이르면 이슬로 맺히고 마는 그 이름. 그것은 모차르트의 플루트 협주곡을 들을 때 느끼는 예민한 아픔 같은 것이다. 아버지를 회상하는 일은 늘 잔잔한 아픔을 동반하곤 한다. 그것은 되돌아갈 수 없는 시간의 벽, 저편에 자리한 그리움 때문인지도 모른다.

　나는 아버지의 손을 잡아 드린 기억이 거의 없는 것 같다. 아버지의 손은 크고 부드러웠으며 따뜻했는데 그것을 느끼기까지는 시간을 너무나 많이 보낸 후였다. 그것이 더욱 마음을 아프게 한다.

　내 아버지는 자식 복이 없어서였는지 마흔 다섯에 이르러서야 딸 하나만을 보신 채 득남을 못하신 분이다. 요즘이야 자식에 대한 편견이 많이 사라졌지만, 아버지가 사셨던 시대에는 중년이 넘도록 득남을 못하신 아버지의 삶은 늘 힘이 없으셨으리라. 그렇게나 기다리던 출산, 사흘 밤낮을 산통으로 시달리게 하고 태어난 내가 딸이란 걸 아시고 사흘 동안 눈물을 안주 삼아 술을 드셨다는 아버지. 소설 속의 주인공처럼 강하고 올곧게 살라며 지어 주신 내 이름. 자라면서 내게는 목적의식 같은 것이 자리 잡아 가고 있었다. 아버지의 허전한 공간을 채워 드리기 위해서 나는 딸이면서도 아들 노릇을 어느 누구보다 더 잘해야 한다는….

그런 아버지를 이해하는 데는 그리 오랜 시간이 걸리지 않았다. 어리광을 부리기에는 아버지의 시간이 너무 빨리 가고 있었기 때문이다. 그래도 아버지께서 내게 쏟으신 사랑이 얼마나 각별한 것이었는지, 자식을 둔 지금에 와서 생각하니 목이 뜨거워진다. 내가 초등학교에 입학할 때 이미 쉰을 넘기셨건만 학교의 학부형 모임이 있는 날은 일도 나가시지 않고 항상 참석하는 열성을 보이신 아버지. 나는 그런 아버지가 늘 부끄러웠다. 유난히 키가 큰 아버지께서 복도 쪽을 지나시면 책상 밑에 숨기 일쑤였고, 행여나 나를 찾으실 때엔 변소에 들어가 숨어 버린 철없던 어린 날의 기억. 할아버지 같다는 친구들의 놀림이 너무 싫었던, 정말 철없는 생각이 그 이유였다.

그런 나는 두 아이를 유치원과 초등학교, 중학교, 고등학교를 보내면서도 직장에 다닌다는 이유를 핑계 삼아 학부모 모임에 단 한 번도 가지 못하고 있으니 아버지의 10분의 1도 못하는 부모가 아닌가 한다. 딸아이의 유치원 졸업식이 학교의 봄방학보다 늦어서 참석할 수 있었던 것이 전부이니 말이다. 그날 딸아이는 졸업식은 아랑곳하지 않고 처음 참석한 엄마만을 쳐다보며 얼마나 좋아하던지, 가슴이 아플 만큼 내 무관심을 탓했던 기억이 새롭다.

거의 모두가 가난했던 1960년대, 새로 산 자전거에 나를 태우고 다니기를 좋아하신 아버지. 늙은 아버지에 대한 철없는 부끄러움이 아버지를 참으로 많이 슬프게 했으리라. 살아 계신 동안 그런 마음을 표현하시진 않으셨지만….

나는 지금도 쓰기 편한 샤프 연필보다는 육각 진 연필을 깎아 쓰는 걸 좋아한다. 학교에서 돌아오면 필통을 열고서 연필을 깎아 주시기 위해 특별히 만든 손칼로 정성스럽게 다듬어 주시던 아버지의 체취를 그리워하면서 향내가 나는 연필 냄새에 배인 아버지의 주름진 손을 그리워한다.

철이 들어가면서 아들이 없는 집안에 태어난 내가 할 수 있는 일은 공부를 잘해서 부모님을 편히 모시는 길임을 알기 시작한 5학년 늦가을. 가난한 우리 집에 드리워지기 시작한 어둠, 까닭 모를 병으로 앓기 시작한 어머니의 병환, 희망을 잃고 일손마저 놓아 버리시던 아버지의 탄식. 그로부터 나는 너무나 빨리 철이 들어갔고, 아버지의 아픔은 내 아픔으로 남기 시작했다. 중학교 입학시험을 치르고 합격자 발표를 보러 가던 날, 아버지의 큼지막한 손에 잡히면서도 부끄러워하지 않았던 날.

입시를 통해 중학교를 진학하던 마지막 해. 시골 학교에서는 광주의 명문 중학교에 진학시키는 게 학교와 선생님의 자랑이었던 때였다. 전남여중에 20명이 지원하여 8명이 합격함으로써 학교의 명예를 높였던 우리들. 나를 제외한 7명이 진학한, 아픔을 남긴 353번. 합격한 것만으로도 기뻐서, 찾아오신 아버지의 손을 잡고 학교를 거닐던 그날. 입학할 수 없으리라는 것을 너무나 잘 아는 내 아픔은 추웠던 그 겨울만큼 슬펐을 아버지의 손 안에서 녹아내리고 있었다. 어머니의 병환이 깊어 마련해 놓은 등록금은 물론 살던 집까지 내놓게 되었음을 알고 치른 시험. 그것은 아버지를 기쁘게 해 드리고 싶은 내 소망이 함께한 시험이었다. 친구들이 광주로 유학 준비하는 것을 보며 슬픔과 함께한 초등학교의 졸업식은 내 어린 날의 화려함을 다 묻고 있었다.

환갑을 바라보는 아버지와 병상의 어머니, 어긋난 학업의 길. 세 식구 앞에 놓인 순탄하지 못한 삶의 여정 위에서 좌절할 시간마저도 허락되지 않았던 절박한 현실. 병든 어머니를 대신하여 가사 일과 독학, 일거리를 찾으며 '하늘은 스스로 돕는 자를 돕는다'는 행운의 여신을 마음에 새기고 산 9년. 중·고등학교 과정의 검정고시에 합격하고 공무원시험을 통과하면서 우리 세 식구는 모여 살 수 있게 되었다. 객지에서 고생하시던 부모님을 모셔 와 단칸 전세방을 얻어 모시게 되었을 때, 비로소 하늘을 향해 한없는 눈물을 흘렸다. 이미 노쇠해지신 아버지의 휘어진 등 뒤로 다가오는 석양의 그림자는 너무 슬펐고, 어머니의 허약한 심신 또한 추스르기 힘든 아픔이었다.

1977년 7월, 첫 월급을 드리던 날. 제대로 가르치지 못했다고 미안해하시며 기쁨의 눈물로 가슴 아파하실 때 잡아 드린 아버지의 손은 유년 시절 크고 부드럽던 그 손이 아니었다. 뼈만 앙상하게 남은 노인의 손이었다. 힘든 삶의 여정이 아버지에게서 따뜻함을 앗아 갔으리라. 부모님이 계셨기에 지탱할 수 있었던 학업의 길. 친구들의 멋진 교복. 당당한 여고생의 모습을 보고도 흔들리지 않았던 사춘기. 대학 진학을 포기하고 공무원을 택하며 통신대학으로 길을 돌리면서도 기쁨일 수 있었던 것은 한 가족을 책임지려는 내 노력을 기쁨으로 받아 주신 아버지의 따뜻한 손이 있었기 때문이다.

결혼식 날 신경통으로 걷지 못하신 아버지는 내 손을 잡고 입장하지 못하신 채 혼주 석에 앉아 계셨다. 하나밖에 없는 딸자식의 손을 잡아 이끌지 못하는 아버지의 마음을 내 짧은 필력으로 어찌 형용할까? 허전하셨을 아버지의 마음을….

학사과정을 마치고 초등학교 교사 임용 순위고사를 치른 후, 교사의 길을 걸으며 나는 늘 '효도하는 어린이'를 중요시해 오고 있다. '효'의 가치는 모든 것에 우선한다고 믿기에. 첫 딸을 낳고 둘째인 아들을 낳았을 때 나보다 더 기뻐하신 아버지. 이제 그 아버지가 일흔넷의 삶을 접으신 지 20년도 더 넘은 지금, 아버지는 내 가슴에 살아 계신다. 몸이 불편하셔서 집에서 목욕을 시켜 드릴 때 내 손보다 작아진 아버지의 손을 씻겨 드리며 눈물을 감추던 그때가 그리운 겨울이다.

물질 때문에, 병든 아내 때문에 힘들었던 아버지의 손이 못 견디게 그립다. 그 큰 손에 담긴 무언의 비원이 오늘의 나를 있게 하셨음을. 흰 눈이 쌓이던 날 식어 가던 아버지의 손을 잡고 목울음 울던 그날. 창밖의 동백 꽃잎처럼 삶을 접으신 아버지가 자리한 그 빈자리가 너무 커서 울었고, 아버지의 삶이 아파 또 울었었다.

이젠 세상 어느 곳에도 계시지 않은 아버지라는 이름의 큰 손. 아기자기한 유년의 추억보다는 연민이 앞서는 아버지의 애잔한 삶이 해를 넘길 때마다 더 짙은 그리움으로 불혹을 넘긴 내 눈시울을 젖게 한다. 내 정신의 껍질이 엷어지는 날이면 어김없이 찾아오시는 아버지. 살아간다는 것은 그리운 이름 하나를 가슴에 새겨 가는 일인지도 모른다.

긴 겨울방학 동안 많이도 컸을 우리 반 개구쟁이들이 졸업하기 전에 아버지의 크고 따뜻한, 옹이 박힌 손의 의미를 느끼게 해 주고 싶다. 아버지의 손이 얼마나 소중한 보석인가를. 이 세상에 어버이만큼 넓은 하늘이 있을까? 가난과 시련 속에서도 나를 지탱하고 삶의 목적의식으로 다가와 젊은 날의 추억으로 남아 계신 아버지의 이름 앞에 나는 새살이 돋은 나의 내일을 드리고 싶다.

내 인생의 멘토, 아버지

육신의 아버지가 저 세상으로 가신 지 어언 20여 년. 입 안에서 '아버지'를 옹알이면 가슴이 먹먹해지곤 합니다. 언제부터인가 아버지를 부르는 일은 아픔이 되고 말았습니다. 다른 아버지들보다 한없이 늙고 힘들어하셨던 아버지의 고단한 삶의 행로 속에 한때나마 아버지의 희망이 되고 싶어 했던 나.

행복한 결혼 생활도, 원하는 아들도 두지 못했던 아버지. 50을 바라보는 중년의 문턱에서 아버지의 눈물과 함께 세상나들이를 했던 무남독녀 외동딸이었던 나의 유년은 사진첩에 남겨 추억하고 싶은 것이 생각나지도 않습니다.

늦게 얻은 딸 하나만을 곁에 두며 고단한 삶의 언덕을 오르셨던 아버지. 아내의 사랑이 받쳐주지도 못하는데 생겨난 딸은 아버지에게는 늘 아픔과 좌절이었습니다. 6·25로 잃은 아내, 늦게 얻은 딸자식 하나만 남겨놓고 떠나버린 두 번째 아내였던 어머니. 너나없이 가난했던 1960년대를 가로지르며 끝없이 방황했을 아버지.

실패한 결혼 생활과 질긴 가난을 잊고자 세상을 버리려고 산에 올라 묻힐 구덩이를 파놓고도 혼자 남을 어린 나 때문에 눈물을 삼키며 약을 털어 넣지 못했다던 아버지. 어쩌면 나는 아버지의 눈물과 한숨을 먹고 자란 아이였는지도 모릅니다.

살아계신 동안 나는 아버지의 눈물을 본 적이 없습니다. 지독한 가난과 인생에 대한 회의와 좌절 속에서도 어린 나를 지켜주신 아버지의 은혜를 빨리 깨달았던 나는 내 삶이 아버지의 기쁨이 되어야 한다고 생각했습니다.

정상적인 방법으로는 중학교도 갈 수 없었지만 일과 독학을 친구 삼으며 아버지를 모신다는 일념으로 사춘기조차 건너 뛸 수 있었습니다. 하늘의 도움이 있어 아버지를 기쁘게 하며 좋은 직장을 얻고 학업을 마치고 좋은 사람까지 만나 결혼에 이르렀을 때, 아버지는 가장 행복해하셨습니다. 오랜 가난으로 남들보다 빨리 찾아온 병고를 이기지 못하고 일흔넷으로 삶을 마감한 아버지.

제대로 호강 한 번 시켜드리지도 못하고 늘 바쁘게 달리며 가정과 학교를 오가며 자식 노릇을 다하지 못했던 지난 시간이 아픔으로 남은 지금. 하나뿐인 딸을 제대로 가르치지 못했다고 늘 미안해하셨던 아버지. 아니, 아버지가 기다려주셨기에 힘껏 달리는 내 모습을 보여드리고 싶어서 피곤한 줄 모르고, 힘든 줄 모르고 주경야독도 즐겁게, 행복하게 받아들였음을!

그리운 아버지! 언제쯤 아버지를 부르며 눈물을 흘리지 않게 될까요? 열심히 독학해서라도 성공하여 아버지를 모시고 살겠다던 저를 자랑으로 아셨던 아버지의 간절한 기다림이 있었기에 저는 좌절할 시간도, 눈물 흘릴 시간도 아까웠던 젊은 날이었습니다.

사랑하는 아버지, 당신은 저를 달리게 한 채찍이었으며 어둠에서 지켜주는 인생의 등불이셨습니다. 아버지가 가신 뒤, 세상의 가장 큰 기쁨이 어버이라는 사실을 깨달을 때마다 슬퍼지곤 했습니다. 어버이는 자식의 어떤 모습도 감싸 안고 사랑한다는 것을, 세상의 어느 누구도 어버이만큼 나를 생각해 주지 않는다는 것을!

아버지! 되돌아 갈 수만 있다면 가난한 밥을 먹으면서도 아버지가 끝내 손을 놓지 않으셨던 그 큼지막한 손에 이끌려 아버지가 태워주시던 자전거를 타고 싶습니다. 아버지가 너무 늙었다고 아버지가 태워주시는 자전거를 거절하곤 했던 잘못을 빕니다.

아버지! 당신은 지금도 저를 보며 말씀하십니다.

'자랑스러운 내 딸아! 나는 언제나 너를 믿었단다. 나는 네 가슴속에 살고 있으니 아버지의 사랑이 너를 지켜 주고 있단다. 언제나 힘들고 가난했던 때를 잊지 말고 늘 처음 마음으로 돌아가 겸손하게, 하늘에 감사하는 마음을 간직하거라.'

책은 내 인생의 스승

여름방학이 끝자락을 보이는 아침이다. 27년 교직 생활 동안 연수프로그램에 참여하지 않은 것은 이번 여름방학이 처음이다. 그것은 내 영혼에 안식년을 주고 싶어서였다.

내가 어디쯤 가고 있는지, 이제 어디에서 멈춰야 할 것인지, 앞으로 더 나아가야 한다면 건강 상태는 어떤지, 어떤 힘을 비축해야 하는지 스스로에게 묻고 대안을 찾기 위한 시간이 필요했기 때문이다.

열여섯 살부터 시작된 사회생활의 경력으로 따진다면 35년 간 줄기차게 달려온 셈이다. 기계로 친다면 중간에 몇 번쯤 부속품을 갈아 줘야 했을 것이다. 그러한 위기의식을 느낀 것은 폐경기를 지나면서였다. 2년 가까이 식은땀이 흐르고 어깨가 빠진 듯 아프며 매사에 의욕이 없는 것은 물론, 때로는 우울증에 가까운 인생의 허무감으로 힘들었다.

인생의 후반기를 준비해야 한다는 자각이 든 것은 그 때였다. 건강에도 자신이 없어지고 삶에 대한 의욕까지 낮아져서 매사에

심드렁해진 나를 추스르기 위해서는 뭔가 대책이 필요했다. 위기를 극복하기 위해 내가 선택한 방법은 가장 좋아하는 일을 하는 것이었다. 앞만 보고 달릴 수 있는 동기가 필요했다.

그것은 바로 다시 공부하는 것이었다. 그렇게 해서 나는 3년 동안 방학 때마다 전문직 도전을 위해 교육 서적을 사서 읽고 연수 프로그램에 참여하며 활자 속에 나를 가두고 앎의 기쁨에 젖어 행복한 시간을 보냈다. 때로는 퇴근 후에 도서관에서 밤늦도록 공부를 하며 메모하고 암기하며 학생이 되어 행복을 만끽한 것이다.

공부하는 일만큼, 책을 보는 일만큼 행복한 일이 어디 있을까? 비록 시험에는 떨어졌지만 내가 얻은 것은 한두 가지가 아니다. 먼저 몸무게가 정상체중으로 돌아온 점이다. 10년 전 몸무게로 돌아가더니 아픈 곳도 없어졌다.

정신을 다이어트 하고자 했는데 육신까지 감량하는 보너스를 얻은 셈이다. 공부를 하기 위해서는 규칙적인 식사를 해야 하고 음식을 소식하며 간식을 없앴던 것이 큰 효과를 본 것이다.

이제는 공부하는 일이 자연스럽게 몸에 배어서 방학 때나 시간이 나면 전용 책가방을 메고 도서관으로 향하게 되었다. 신문을 읽고 신간 서적을 읽으며 나태해진 나를 곧추 세우는 '배우는 일' 만큼 행복한 일은 없다.

도서관에 가면 새파랗게 젊은 학생들 속에 끼인 아줌마 학생인 나는 도서관 냄새만으로도 행복을 느끼는 것이다. 이번 방학 동안 나를 위한 휴식년제를 위해 공부를 선택하여 얻은 두 번째 보람은 '만 권 프로젝트' 이다. 그 동안 읽었던 책을 제외하고 다시 독서 목록을 작성하고 독서 노트를 장만하여 만 권을 읽겠다는 약속을 나 자신과 맺은 것이다.

만 권을 읽으니 글이 술술 나왔다는 당나라의 시인 두보에 관한 글을 읽고 본받고자 함이다. 아무리 생각해도 무모한 계획이다. 하루에 한 권씩 읽어도 30년 가까이 읽어야 하는 분량인 것이다. 그러나 글쓰기를 좋아하니 글이 술술 나올 수만 있다면 지금부터 30년을 투자할 생각이다. 책을 읽으며 독서 노트에 감동적인 부분을 적어가느라 속도가 나지 않지만 읽었다는 흔적을 남기기에는 쓰는 방법 이상 없다.

나는 이번 여름방학 동안 어느 해보다 알찬 방학을 보냈다고 자부한다. 우리 반 아이들에게도 내가 쓴 독서노트를 자랑하리라. 선생님도 숙제를 했노라고. 그렇게 읽은 책의 내용은 내 것이 되어 아이들에게 재투자 되는 것이다.

개학을 기다리는 나는 지금 무척 행복하다. 아이들에게 들려줄 이야기가 넘쳐나고 2학기를 팽팽하게, 씩씩하게 보낼 계획으로 가득 찼기 때문이다. 그리고 여름방학 동안 편집을 마친 여섯 번째 책이 출판을 기다리고 있기 때문이다.

해마다 만나는 내 반 아이들에게 내 책을 선물하는 기쁨을 교단에서 내려서는 그날까지 누리고 싶다. 책은 늘 내 인생의 스승이다. 위대한 영혼들의 기록이기 때문이다.

화장대도 없는 여자

　결혼한 지 25년이 넘은 우리 방엔 화장대가 없다. 신혼살림을 단칸방에서 시작한 탓도 있지만 맞벌이 부부인 그와 나는 신혼 초부터 떨어져 사는 날이 더 많았다. 세간을 골고루 갖추어 놓고 살 만큼 한가하지 못했던 시간이 많아서 언제부터인지 간단한 화장에 길들여진 탓이다. 머리맡엔 책들이 주인 노릇을 하고 있고, 화장하는 데 채 5분도 걸리지 않으니 화장품이 있다 하더라도 대우받지 못하는 화장품들. 화장대도 없는 20년의 결혼 생활. 그러나 아직도 나는 화장대를 살 계획이 없다. 내 얼굴에겐 미안한 일이지만. 언젠가 그럴 날이 있으리라. 출근할 필요가 없어질 때, 아무도 나를 일터로 내몰지 않게 될 즈음이면 화장대를 사게 되는지….

　바쁜 일상에 쫓기듯 달려가는 출근길. 그렇게 살아온 20여 년. 아직도 나는 5분 화장으로 만족한다. 화장이 필요 없다면 더욱 좋으련만. 최소한의 단계로 가장 빠른 시간 내에 끝내는 화장 기법 탓에 눈가에 잔주름이 해가 다르게 생긴다.

화장대보다 더 갖고 싶은 게 있다면, 출퇴근길의 차 속에서 내 마음에 떠오르는 생각을 받아 녹음시켜 줄 수 있는 녹음기 같은 것을 갖고 싶다. 더 욕심을 부린다면, 노트북이나 내 서재를 갖는 것이다. 내 얼굴을 가꾸는 시간보다 내 생각을 가꾸고 다듬어서 좋은 글을 쓰고 제자들에게 날마다 보내 줄 수 있는 이메일이 풍족하기를 바라기 때문이다. 그렇다고 해서 방학이면 얼굴에 신경을 쓰는 것도 아니다. 그동안 읽지 못한 책 친구들을 불러다 놓고 읽고 생각하다 보면 푸석한 얼굴에도 행복이 피어오른다.

방학의 즐거움은 책 친구들을 마음 놓고 가까이 할 수 있다는 점이고, 새로운 연수를 받으면서 고갈된 감성과 이성을 채워 가는 배움의 자리를 가질 수 있기 때문에 방학은 없어서는 안 될 보물이다. 만약에 내게서 방학이 없다면 화장대가 없는 정도의 불편함과는 비교가 안 된다. 사는 데, 특히 나에게 방학의 의미는 숨구멍의 구실을 한다.

아내 역할, 어머니 역할을 소홀히 하면서 일에 달려온 시간을 보충해 주고, 무엇보다도 재충전의 기회로 삼는 시간이기에 얼마나 소중한지 모른다. 곁에 있어 주지 못해 미안한 제자들에게는 날마다 메일을 보내며 충고와 격려를 하면서 그리움을 달래는 시간으로 만족하는 것이다.

이제 얼마나 더 화장대도 없는 여자로 사는 시간이 남아 있는지 알지 못하지만, 그래도 지금의 삶의 방식을 돌리고 싶은 생각은 없다. 어쩌면 화장대를 필요로 할 때쯤이면 거울을 볼 필요조차 없게 될 만큼 눈이 밝아지게 될지도 모르리라. 내면의 거울만으로 만족할 수 있다면 얼마나 좋으랴. 그때쯤이면 '중요한 것은 눈에 보이지 않는다' 는 어린 왕자의 한 마디에 만족하면서 살지도 모르리라. 아니, 그렇게 되기를 바라고 싶다. 보이는 것보다는 보이지 않는 것에 마음을 두고 살 수 있기를, 내 주름살을 슬퍼하기보다는 늙어 가는 마음을 슬퍼하기를, 가진 것을 늘리기보다는 더 주지 못해 슬퍼하기를!

나무의 속삭임

　수액을 조절하며 힘들게 일해 온 뿌리를 쉬게 하는 나무들의 이별의식이 시작되는 계절이다. 그토록 많은 잎사귀들을 매달더니 이제는 보낼 준비를 하고 서 있는 나무들의 겨울 준비는 사람들의 그것보다 더 앞선 것 같다.

　자연의 시계는 참으로 정확하다는 것을 나무는 잘 알고 있나 보다. 그리고 보면 나무는 사는 방법을 잘 터득하고 있음을 말없이 보여준다. 세상을 사는 방법을 두 가지로 나눈다면 공격적인 방법과 수세적인 방법이 있을 수 있으리라. 상황을 미리 파악하고 발등에 불이 떨어지기 전에 미리 준비하는 방법을 전자라고 한다면, 상황 파악이 늦어서 급하게 일을 처리하고 상황 대처 능력이 떨어지는 것을 후자라 할 수 있다.

　자신을 통제하고 조절하는 능력을 나무만큼만 가질 수 있다면 사람들 세상에 난무하는 시행착오를 훨씬 줄일 수 있지 않을까 생각해 보게 되는 것도 가을 탓인가 보다. 어느 한철에 열매를 많이 매단 감나무는 다음 해에는 열매 맺기를 스스로 자제함을 본다.

자신을 혹사시키지 않으려는 나무의 생존 전략이다.

우리 분교에서는 오래된 도토리나무를 힘들게 보내야 했다. 2년 전부터 돌아갈 준비를 하며 새싹을 내놓지 않던 나무의 소리를 들을 수 있었기 때문이다. 학교의 역사만큼이나 긴 나무를 보내기 위해 몇 달간 고심을 했고 살릴 방법을 찾았으나 워낙 많은 경비가 드는 일이었다.

돌아갈 날이 다가오면서 아무런 사심 없이 자신의 길을 예비하던, 마음마저 숙연하게 했던 할아버지 도토리나무가 남긴 밑동을 보는 일이 서러웠는데, 이제는 욕심을 벗어버린 채 키 큰 코스모스 사이에서 시원스레 겨울을 기다리는 나무의 뒷모습이 깔끔해서 보기 좋다.

그 많은 잎사귀들을 품고 살았던 지난여름이 얼마나 아팠을까? 좀더 살리려고 인공적으로 주사를 주고 약을 투여하지 않은 채 편히 쉬게 해준 선택을 미안해하지 않기로 했다. 큰 바위 곁에 심어져서 더 이상 뿌리를 펼 수 없어 삶을 접은 그의 선택을 받아주기로 했다. 때로는 거슬러 오르는 일이, 운명을 거역하는 일이 더 아름답지 않으니 받아들이는 순종도 미덕이라고 속삭이는 나무의 귀엣말이 나를 부끄럽게 한다.

큰 나무는 그가 지닌 오랜 추억 때문에 마치 사람처럼 그리움을 남긴다. 봄이면 파릇한 싹을 틔우며 아이들의 등교를 반기던 우람한 허리, 여름이면 그 큰 그늘 아래에서 아이들과 즐거운 점심을 먹던 여름 한낮의 추억, 가을이면 고운 잎을 자랑하며 도토리를 탐하며 오르내리던 다람쥐를 품어주었고, 겨울이면 빈 가지로 서서 무욕의 시간을 자랑하던 여유로움이 아름다웠던 할아버지 나무는 이제 내 마음 속에 담아두기로 했다.

나도 저 나무처럼 돌아갈 시간을 재고 서 있는 이 가을. 아이들과 함께 살며 행복하고 마음 아파했던 시간들을 돌아보며 나무만큼이나 그리운 시간을 남길 수 있는지 자신이 없다. 나의 나무에 잎사귀로 만나 졸업을 한 아이들과 처음 담임해 본 1, 2학년 꼬마들이 주던 순결한 웃음과 사랑은 내 나무에 영양제 주사를 놓아주어 몇 년은 더 씩씩하게 푸른 잎사귀를 달게 해줄 것 같다. 이 가을엔 더도 덜도 말고 나무처럼만 살 수 있기를!

나를 찾아서

요즈음 내가 근무하는 피아골엔 휴가를 찾아 떠나온 사람들로 북적인다. 그늘을 찾아, 물을 찾아 가족들과, 아니면 연인들과 무리지어 오는 사람들. 때로는 학교에 들어와서 노는 사람들도 있다. 다만 그네들이 가고 난 다음 쓰레기를 남기지 않으면 나는 그들을 지성인으로 본다.

어떤 이들은 학교에 말도 안 하고 저녁 늦게까지 야영을 하고선 촛불 잔치의 흔적으로 온통 어질러 놓고 가는 경우도 있어 마음 상하게 한다. 자신의 쓰레기 하나도 감당 못하는 사람들이 마음을 다스리고 마음의 여유를 찾아왔다고는 생각하지 않는다. 그것은 다른 사람에 대한 최소한의 배려이며 자연에 대한 예의이기 때문이다.

내가 생각하는 '휴가' 또는 '여행'의 의미는 매우 단순하다. 그것은 원시로 돌아가는 것. 소유로부터, 존재로부터 최대한 멀리 떨어져서 자신의 모습을 찾는 일이라고 생각한다. 그런 탓에 남들이 휴가를 떠나는 여름엔 책 속으로 도피하는 일이 나에 대한 최대한의 예우이기도 한다. 이른 아침 새들의 노랫소리에 잠을 깨면 학교 앞 개울가에 나가 아침 나들이 나온 다슬기들과 이야기를 나누며 발을 담근다. 돌아와서 아침 준비를 하는 동안 남편은 채소밭에 나가 풀을 매 주고 상추를 다듬는다. 식탁은 풀 잔치로 꾸미고, 손빨래를 하여 맑은 햇볕에 빨래가 마르는 걸 보며 바삭하게 부서지는 햇볕의 고마움을 느낀다.

　방학 동안 심심한 우리 반 아이들이 놀러 오면 과학 실험을 하고 탁구를 친 다음 땀에 젖은 아이들은 앞개울에 가서 목욕을 하고 온다. 광주에서 사 들고 온 옥수수를 쪄 주고, 수학 공부를 하며 책을 읽게 하고 나면 하루해가 간다. 에어컨도 필요 없을 만큼 시원한 교실에서 아이들과 보내는 시간을 뒤로 하고 서늘한 기운을 느끼며 독서를 시작하는 나의 하루가 참 아름답다고 생각하곤 한다. 무디어진 내 영혼이 다시 깨어남을 느끼며 삼켜도 좋은 책을 만나면 며칠은 행복함에 빠진다. 오랜 고독을 이기고 저렇듯 울어 대는 매미도, 뙤약볕 아래 백일홍 붉은 입술이 터지도록 붉어진 사연에도 여름은 어느새 가을 기운을 이기지 못한다.

　내 삶에도 이렇듯 빨리 가을이 오고 있음을 절감하며 뜨거운 태양과 그 아래에서 흘리는 땀의 의미를 되새김해 보고 싶어진다. 저 뜨거운 젊음의 여름이 있어야 우리 삶에 풍성한 가을이 올 수 있음을 묵언으로 보여 주는 자연의 섭리를 깨닫는 예지가 내 안에 있기를 소원하곤 한다.

　이번 여름엔 나폴레온 힐의 신념론 『당신이 운명의 열쇠를 쥐고 있다』를 읽으며 몇 번의 감탄사를 토해 냈다. 이 책 속엔 불변의 진실과 사람을 움직이는 목소리로 잠자는 영혼을 깨우고 있었다.

　마음이 통하는 좋은 친구를 만난 것처럼 오랜 동안 곁에 두고 자주 눈 맞춤을 해야 할 지기를 만나서 참 행복하다. 피아골의 여름은 아름다운 자연과 책이 있어 중년의 여인을 소녀로 만들고 있다.

가을밤의 향연

해문이 짙어 가는 교정에서 하늘을 올려다보니 벌써 초여드렛
날의 달님이 머리 위에서 반긴다. 학교 공부가 끝난 후 나랑 탁구
한 판을 겨루던 우리 반 아이들도 집으로 돌아가고 몇 년 묵은 대
나무 숲을 이발시키시던 부지런한 이 주사님도 퇴근한 교정은 다
시 달님을 기다린다.

인기척이 끊어진 교정에서 마른 단풍잎들을 매달고 서 있는 나
무들을 보다가 깜짝 놀랐다. 나무들은 늙어서도 향기를 내뿜는다
는 것을 처음 알았기 때문이다. 냄새를 맡을 수 있다는 사실이 감
사함으로 다가왔다. 빈 가지로 서 있는 나무들이 쓸쓸할 거라는
막연한 서글픔 대신에 나무들이 홀로 노래를 부르는 향기를 맡은
것은 '발견의 기쁨'이었다.

백일홍은 언제 벗어 버렸는지 구부정한 허리를 다 드러내 놓고
선 시원한 몸매를 자랑한다. 곧게 선 나무보다 굽은 그 모습이 더
아름답다는 걸 자랑한다. 수직으로 뻗은 전나무 아래에서 조금도
기죽지 않고 눈길을 잡아끈다. 아마 지난여름 내내 고운 꽃을 많

이많이 매달고 서 있느라 허리가 굽었나 보다.

그 모습이 돌아가신 시모님을 생각하게 한다. 힘든 시골 농사에, 자식들 걱정에 키조차 반으로 줄어 구부정했던 그 모습을 닮았다. 더 이상 단내 나는 간장을 주실 분도, 고춧가루를 챙겨 주실 주름진 손도, 고사리 한 줌이라도 담아 주실 분이 안 계신다고 생각하니 목울대가 뻣뻣해진다. 이제는 나도 그렇게 다 내줄 수 있게 굽어야 함을 생각한다. 키가 줄어들어도 슬퍼하지 않기로 했다.

땅거미가 내려앉아 차가움이 옷 속으로 기어들어 나무들이 내뿜는 향기를 흠뻑 마시고 들어와서는 교무실의 창문 위로 떠오른 반달에게 잘 어울릴 것 같은 모차르트의 플루트와 하프를 위한 협주곡을 선사한다. 낮은 음으로 흐르는 계곡의 물소리는 알토가 되어 화음을 이루고, 그들 사이에서 자판을 두드리는 내 손은 소리 나지 않는 건반이 된다.

계절은 비움으로 가고 있지만, 우리 분교는 지금 한창 바쁘다. 본교와 함께할 학예회 준비를 하기 때문이다. 유치원생부터 6학년 언니들까지 함께 부르는 합창에서부터 일곱 명의 아가씨들이 선보일 부채춤, 전교생 바이올린 연주, 핸드벨(종 음악), 유치원 무용 등, 이 작은 학교에서 여섯 종목을 출연하는 것이다. 그럼 교과 공부는 언제 하냐고? 그건 걱정 없다. 연습은 아침 수업 전, 점심시간 등을 이용해도 충분하다.

우리 분교 아이들은 모두들 그런 시간을 함께 즐기기 때문에 연습 시간도 참 행복해한다. 손에 잡히지도 않는 큰 부채를 들고 낑낑대면서도 언니들 틈에서 부채춤을 배우려고 안간힘을 다 쓰던 1학년 나라도, 제 키만 한 바이올린을 들고 열심히 연습하는 유치원 총각 서효도 참 바쁘다.

어쩌면 우리 연곡분교는 세상에서 가장 행복한 학교일지도 모른다. 열심히 공부하고, 악기도 배우고, 고전 무용에 합창, 글쓰기, 독서, 한자 공부에 이르기까지 어느 것 하나도 빠지지 않기 때문이다. 서로 아끼는 아름다운 마음씨에 정직하고 따스한 심성, 협동심도 빼놓을 수 없다. 사철 아름다운 자연의 소리에 고운 나무들 속에서 들리는 새소리, 꽃들의 향연을 보고 자란 아름다운 눈을 가진 아이들은 순수함 그 자체다.

6학년 형들이 수학 문제를 푸는 동안 과학 실험을 하며 교정의 이곳저곳에서 식물들을 채취하는 5학년 재성이는 과학자답게 진지하게 실험을 한다. "재성아, 꽃들을 따기 전에 미안하다고 말했니?" 하고 물으면, "예, 선생님. 꽃들에게 미안하다고 했어요"라고 대답할 만큼 가르치지 않아도 스스로 깨닫곤 해서 마음이 더워진다. 그렇게 사랑스러운 재성이는 이름난 효자다. 맛있는 음식은 천천히 아껴 먹다가 "선생님! 이거 집에 가져가면 안 됩니까? 엄마 드리고 싶어서요" 한다. 부모님이 고생하시는 게 안됐다며 용돈도, 차비도 끔찍이 아낀다. 연필 한 자루도 낭비하는 법이 없다. 깨끗하다 못해 투명한 그 아이의 얼굴을 보고 있으면 하나님이 자신의 형상을 닮게 사람을 창조하셨다는 성경 말씀을 되새기게 된다. 그 투명한 마음에 한 점이라도 잘못 가르치면 안 된다는 다짐을 하곤 한다.

이렇게 맑은 아이들이 중학교에 가서도, 어른이 되어서도 지금처럼 온전히 그 마음을 안고 살아가는 세상이 되기를 빌어 본다. 무엇이든 "예" 하고 받아들일 줄 알고, 말 한마디에도 아파하며 자신을 금방 깨우치는 현명함을 잃지 않기를, 어두운 세상에 살더라도 어딘가에서 비추는 밝은 빛을 보는 도수 높은 마음의 눈을 갖기를 달님에게 빌어 본다. 이 작은 학교가 우리 아이들에게 영원한 모교로 남아, 언제든지 저 아이들이 이곳에 찾아와서 달님을 보며 가을밤의 향연에 취할 수 있기를!

내가 좋아하는 것들

내가 좋아하는 것들은 그리 많지 않다. 멈춰선 시계, 자그마한 강아지, 잎사귀를 떨어내 버린 겨울나무, 그리고 백합화 한 송이이다. 욕심을 더 부려 본다면 웃고 있는 아이들과 아끼는 시집이다. 나는 어른이면서도 다 자란 아이들(어른)에게는 관심조차 없다. 내가 어른이라는 사실도 여간 마음에 들지 않는다.

우리 집에는 세 개의 시계가 제각각이다. 안방에 걸린 시계는 뻐꾸기시계인데, 1년 가까이 잠을 자고 있지만 아무도 깨울 생각이 없다. 쫓기듯 달리는 일상을 뒤로 하고 퇴근 후에 그 시계를 보면 마음이 편안해서 여간 좋은 게 아니다. 때로는 쉬고 있는 그 녀석이 얼마나 부러운지 모른다. 일어나 달리지 않아도 되는 그 '자유에의 몽상'을 그 녀석을 통해서나마 대신 누리고 싶음이리라.

거실에 걸린 시계는 5분 정도 빨리 달리는 부지런한 녀석이다. 약속 시간을 매우 소중히 여기는 남편을 참 많이도 닮았다. 그러고 보니 거실의 째깍이는 우리 집에서 가장 부지런하다. 소리도 요란하고 쉴 줄도 모르는 것이 영락없이 남편의 부지런한 성깔과 꼭 빼닮았다. 눈뜨는 아침부터 잠드는 늦은 시각까지 회사 일이 인생의 전부인 양, 기뻐하고 고뇌하며 촌음을 다투는 그의 성실함과 잘 어울리는 시계이다. 연애 시절, 5분 늦게 나갔다가 가 버린 남편을 몇 시간 동안 기다리던 일을 생각하면 지금도 약이 오르지만 약속 시간에 정확한 그를 탓할 생각은 없다. 거실의 째깍이는 나를 서두르게 하는 기술을 간직하고 있다.

부엌에서 보는 시계는 영광에서 근무할 때 연공 상으로 받은 것인데, 우리 집에서 가장 정확한 시계이다. 남편의 출근 시간, 딸아이의 등교 시간에 맞추어 식사 시간을 조절하는 데 이용되므로 가장 신뢰받는 시계인 셈이다. 거실의 시계를 보면서 한발 앞서가는 부지런함을 일깨우고, 부엌의 정확한 시계를 통해서는 신뢰받는 인간의 면모를 생각해 본다. 안식을 누리는 안방의 시계를 바라보며 물러섬의 아름다움과 재충전으로 날아오르는 꿈을 꾸어 보기도 한다.

우리 집엔 작년 여름부터 사다 기르고 있는 퍼그 한 마리가 어느새 8킬로그램이 넘었다. 3년 동안 길렀던 '토실이'를 잊기 위해 1년의 기다림 끝에 사들인 애완견이다. 대인시장에 나갔다가 발견한 퍼그 삼 형제를 보고 30분 동안 만지작거리다가 안고 온 개이다. 늘어진 얼굴에 납작한 코, 매끄럽고 부드러운 예쁜 털을 가진 이티! 생김새가 하도 귀엽고 우스꽝스러워서 영화 속의 ET를 닮았다고 붙여 준 이름이다.

어렸을 때부터 강아지를 업고 포대기를 두른 채 소꿉놀이를 할 만큼 나는 개를 좋아했다. 이른 시각에 일어나 집안일에 바쁘지만 이티에게 공들이는 시간도 여간 만만한 게 아니다. 욕실에 들어가 대소변을 가릴 줄 앎으로 키우는 데 큰 애로는 없지만, 털갈이의 뒤치다꺼리를 해 주어야 하므로 청소를 자주 해야 한다. 하루 종일 혼자서 집을 보다가 돌아오는 가족들을 반기는 이티의 사랑스러움은 피곤함을 가시게 하고도 남으니, 그 녀석에게 공들이는 시간은 당연한 게 아닐까?

어쩌다 이 생각 저 생각에 잠을 못 이루거나 글이 풀리지 않을 때에도 이티는 좋은 친구가 되어 준다. 모두 곤한 잠에 든 시각, 말 친구가 필요할 때 이티를 깨우면 까만 눈을 굴리며 빤히 쳐다보는 그 모습만으로도 가슴이 따뜻해지는 것이다. 음식 까탈을 부리지 않고 뭐든지 잘 먹어서 소탈하여 예쁘고, 장난기도 많고 애교도 여간 아니어서 즐겁게 하니, 개를 길러 보지 않았거나 본시부터 개를 싫어하는 사람이라면 이해하지 못할 일일 것이다.

이티의 매력은 또 있다. 예뻐한다고 해서 주인을 업신여기지 않으니 아랫사람이나 자식들이 본받을 일이요, 주어진 먹이를 한 톨도 남김이 없으니 음식 귀한 줄을 모르고 낭비하여 버리는 사람들이 생각해 볼 바이다. 누구에게 배운 적도 없는 본능에서 우러나오는 행동이련만 감사함을 아는 소치이리라. 또한 아무 데서나 변을 보지 않으니 술 한잔 걸치고 급한 김에 아무 데서나 실례를 범하는 양반들은 그 깔끔함을 배울 일이다. 거짓을 모르니 더더욱 사랑스럽고, 말이 많지 않아도 뜻이 통하니 친구 중의 최상인 것이다. 개만도 못한 인간이 되지 않으려거든 개를 구박하지는 말 일이다.

나는 잎사귀를 다 떨어내 버린 겨울나무를 무척 좋아한다. 이른 봄에 파릇한 새 눈을 틔워 올리는 작은 생명이 대견해 보이고, 초여름의 대지를 연초록 물감으로 붓질하는 푸르른 나무들의 싱그러움도 희망이 있어 아름답지 않은 것은 아니다. 늦가을에 제 할 일을 다 했다며 붉어진 얼굴로 석양에 물들어 단풍 든 가을 나무도 가슴을 적시게 하는 데는 그만이다. 하지만 마음이 편해지는 데는 빈 가지로 서 있는 겨울나무가 단연 으뜸이다. 홀로 서서 빈 하늘이 부르는 노래를 감상하며 지나온 계절을 반추하듯, 자람을 멈춘 채 내면의 자기 모습에 취해 한층 깊어진 얼굴로 세상과 화해하는 그 편안함이 부러워서이다. 봄, 여름, 가을 내내 힘들게 일해 온 뿌리를 쉬게 하고 다 자라 더 이상 보듬을 필요가 없는 이파리를 훌훌 띄워 보낸 그 여유가 부러운 것이다. 겨울나무처럼 내게 걸쳐진 옷자락을 훌훌 다 벗어 버리고 홀가분하게 서서 빈 하늘을 올려다볼 수 있을까? 그 언제쯤….

지난 스승의 날에 받은 선물 중에 가장 설레게 했던 것은 백합꽃 몇 송이였다. 아이들에게 선물 때문에 힘들어하지 말라고 신신당부를 했건만, 전달이 덜 됐는지 백합꽃이 배달되어 온 것이다. 퇴근 시간 무렵인데다가 꽃을 데조차 마땅하지 않아 집으로 가져왔는데, 그 향기가 어찌나 좋은지 꽃만 홀로 두고 잠자는 게 미안해서 자정이 넘은 시간까지 꽃향기를 맡으며 쓴 시이다.

백합꽃을 보며

네가 내게 오기 위해
보낸 시간들이
여섯 장 꽃잎 속에
알알이 맺혔으니
이 밤, 자정이 넘은 시각에
너를 홀로
세워 두지 못함이란다.

존재, 그 자체만으로도

기쁨임을 노래하는 너는
아무런 말이 없이도
고결하고 아름다운 것을!
홀로 피어서도
외롭지 아니함을.

나도 너처럼 그렇게
순결한 때가 있었을까?
나도 너처럼 그렇게
고결한 향을 내뿜을 날이
내 생에 남아 있을까?

단 하루만이라도
순결한 향기를 지닐 수 있다면
단 한 번만이라도
고결한 숨소리를 낼 수만 있다면
살아 있음의 아름다움에 감사할 일이다
서 있음의 고단함을 잊을 수 있으리라.
어느 한순간 나도 너처럼
꽃일 수만 있다면….

　나는 웃고 있는 아이들의 미소를 좋아한다. 우리 반에는 해맑
은 얼굴에 왜소한 몸집을 가진 남자 아이가 있다. 다른 아이들에
비해 발달 정도가 더디어서 공부하는 일에는 서투르지만, 마음씨
가 곱고 맑아서 생수 같은 아이이다. 공부를 잘하고 똑똑한 아이
들의 꾀부림과 영특함 대신에 정직함, 순수함으로, 따뜻한 웃음

으로 나를 위로해 주는 아이이다. 다른 사람을 괴롭히거나 마음 상하게 하는 일은 할 줄 모르는, 백합 같은 아이라고나 할까? 인간은 본래 착하기보다는 악한 존재라는 성악설이 그 아이에게는 적용되지 않으니, 그런 아이와 날마다 만나는 나는 얼마나 행복한 선생인지 모른다.

나는 칼릴 지브란의 시집을 무척 좋아한다. 스무 살 안팎에 읽었던 『부러진 날개』와 『예언자』를 만나면서부터이다. 빌려 주었다가 잃어버리게 되면 가장 섭섭해지는 책이기도 하다. 그의 글 속에 들어가 앉으면 빈 하늘과 만날 수 있고, 백합꽃의 은은한 향기를 맡을 수도 있으며, 겨울나무처럼 홀가분해져서 수도승이 되는 것이다. 그가 속삭이는 고독함 속에는 해맑은 웃음이 햇살처럼 퍼지기도 하고, 사물을 끝없이 사랑하는 고운 눈매를 지닌 동심에 젖기도 하는 것이다. 그가 부르는 노래 속에서 멈춰선 시계의 한가로움까지 보태어 시간 여행을 떠나 중세의 삼나무 숲으로 날아가는 것이다.

멀리 시간 여행을 마치고 돌아오면 나는 다시 어른이 되어 버린다. 내가 어른이라는 사실이 여간 마음에 들지 않지만, 내 곁에는 어른들보다는 아이들이 더 많으니 내가 어려지는 데는 보탬이 되지 않을까?

아이들 속에서 그들처럼 살아 있음의 감동에 펄펄 뛰고 싶다. 겨울나무로 돌아가는 그날까지. 멈춰 선 시계가 되는 날까지. 한 송이 백합의 향기를 얻을 수 있을 때까지. 이티처럼 까탈 부리지 않으며 살고 싶다. 그리하여 들여다보면 마음까지 따뜻해지는 시집 속에 내가 좋아하는 것들로 채울 수 있었으면 한다.

겨울밤의 동백꽃

　동짓달 열하루의 달님이 동백꽃을 만나러 산골 분교에 달려온 겨울밤, 질긴 기다림 끝에 이른 봄부터 젖몸살 앓으며 꽃망울 키우더니 더는 기다리지 못하고 보름달도 오기 전에 그리움을 풀어 놓고 홀로 겨울을 보내는 길손을 붙잡는다. 철마다 피어나던 그 많은 꽃들에게 시선을 빼앗기고, 아무도 오지 않아 쓸쓸한 교정에서 붉은 등 가슴에 매달고 서서 애처롭게 달님을 부른다. 배롱나무 잔등에 첫눈이 미끄럼 타기 전에, 단풍나무 마른 가지에서 마지막 숨 할딱이는 잎사귀 하나 떠나기 전에 세상에 전할 따스한 가슴 하나 온몸으로 보여 준다.

　매화의 절개도, 벚꽃의 정열도, 코스모스의 설렘도, 서릿발 같은 국화도 고개를 떨어뜨린 12월의 끝자락을 옹골차게 지키고 서 있다. 기다림이 어떤 것인지, 붉은 가슴이 어떤 것인지, 심장을 드러내며 노오란 수술에 아련한 향을 실어 세상으로 보내고 있다. 오랜 세월 지켜온 순결한 영혼을 달님에게 바치며 그리움의 눈물로 편지를 쓴다. 푸르디푸른 옷깃을 세우고 계절이 다 가도록 옷조차 갈아입지 못했건만, 날 선 의식은 겨울보다 씩씩하다. 어찌하여 그렇게 빈틈없이 살아야 했는지 달님에게 물으며 옷 벗은 저 나무들처럼 한 계절만이라도 눕게 해 달라고 애원한다. 아니, 슬픔 많은 세상에 붉은 가슴마저도 주고 싶어 달님을 부르며 사흘만 말미를 달라고 애원한다.

동백꽃의 노래

질긴 기다림
안으로 익어 타 버린 가슴
달밤에만 풀어 놓고 홀로 노래하는 너
철들던 그날부터 매단 목숨
찬바람에 가 버린 검은 나비
기다리다 지쳐 홀로 컨 등불

동짓달 열하루 달님
알밤처럼 여물어 달려온 겨울밤
오랜 세월 까치발로 서서
붉은 등을 들었구나.
달님을 우러러
마지막 숨을 할딱이며
서러운 기다림
그대에게 바치노라.

가을밤의 단상

때늦은 가을비로 불어난 계곡의 물소리는 가을을 재촉하듯 사뭇 시끄럽게 흘러가며 마음을 산란케 한다. 물빛마저 푸른빛을 띤 채 바다색을 자랑한다. 지난여름이 남기고 간 흔적들을 모두 지우고 깨끗한 계절을 맞이하려는 듯 부산하게 청소하며 내려간다.

아이들도, 선생님들도 모두 돌아간 교정에서 불을 밝히고 짧은 가을을 지킨다. 즐겨 듣곤 하는 조수미의 '사랑은 꿈과 같은 것'을 배경음악으로 깔고, 간접 독서를 하느라 독서 카페를 찾아 헤엄을 치는 행복한 외로움에 나를 묻고 있다. 음력 팔월 초하루이니 달도 없는 교정은 태곳적 고독에 휩싸여 반딧불이만 물소리에 화답하며 날고 있다.

가을을 기다리기나 한 듯 상사화는 여기저기서 붉은 얼굴을 내밀고 자태를 뽐내고선 밤이슬에 젖어 있다. 달님이 돋기 전에 찾아올 별님들을 기다리며 치장을 하느라 붉은 꽃술은 더 붉어졌다. 기다림에 지쳐 이름마저 상사화라!

상사화

한여름 다가도록 그리움 태우더니
기다리다 지쳐 붉어진 얼굴
아무도 오지 않는 이 계절에
잠도 자지 않고 불을 켰구나.
타 버린 그리움은
백일홍보다 더 아팠구나.
세찬 가을비에도
달님도 오지 않는 몇 날 며칠을
너만 홀로 가을을 지키누나.

　오늘 밤에도 뒷산의 밤나무들은 토실토실 살이 오른 이른 알밤들을 튕기며 다람쥐와 산돼지들을 부르리라. 대숲을 흔드는 바람 소리도 계곡이 쏟아 내는 물소리를 이기지 못하고 납작 엎드려 차례를 기다린다. 저렇듯 요란한 물소리도 이틀쯤 뒤면 잠잠해지리라. 늘 그랬던 것처럼. 길 것만 같은 여름이 자리를 내준 것처럼, 영원할 것만 같은 젊음이 달려가듯, 계절은 어김없이 가을을 지나고 있다.
　아무것도 남기지 않고 빈 가지로 설 준비를 하느라 나무들은 짧은 가을 해를 마시며 수액을 조절하면서 숨고르기를 하고 있다. 내게도 가을이 이미 와 있음을 손짓으로 말해 준다. 흔들리는 차 속에서도 거뜬히 읽어 내던 책을 보기 힘들게 되고, 가까이에서 활자를 보면 어른거리게 되었으니 책에 대한 욕심을 줄여야 함이 가장 서글픈 일이다. 이제야 겨우 책에 미치는 맛에 길들여졌는데, 몸은 그마저도 부질없으니 다 내려놓으라고 명령한다. 이미 가을로 접어들었으니 꽃을 피우려고 안간힘을 쓰지 말라고, 가진 잎사귀들이나마 고운 단풍이 될 수 있도록 잘 다독이라고 채찍질한다.

아무것도 가질 필요가 없어야 진정한 부자라고 했던가? 아직도 더 채우지 못해서 앞만 보고 달려가는 내 모습은 아직도 여름이다. 아직도 푸른 잎을 더 키우려고 수액을 짜내며 뿌리를 흔들고 서 있으니 참 고달프다. 뭔가를 끊임없이 읽고 음미하고 생각하며 흔적을 남기지 않으면 안 될 것처럼 시간과 싸우는 나의 일상이 나를 슬프게 한다. 아직도 사랑할 그 무엇이 남아 있는 탓이다. 사물에 대한 애정이 집착이 되는 탓이다. 그렇게 우람한 몸매와 큰 키를 자랑하던 도토리나무도 돌아갈 시간을 알고선 아무런 미련 없이 단 한순간에 짐을 내려놓고 자신을 비우고 서 있는데…. 나무는 늘 나를 부끄럽게 한다. 특히 가을에는.

가을이 전하는 말

　가을은 사랑하기 좋은 계절일까? 전방 부대의 아들이 그립고 홀로 식사를 할 남편의 어깨가 안쓰러우며, 집에 남겨 두고 온 딸아이가 염려되고 힘든 공부를 이겨내는 제자들의 근황이 그리운 걸 보면…. 아침저녁으로 서늘해진 가을 기운이 외로움을 몰고 오는가 보다. 인간은 천성적으로 함께 살아야 하는 존재임을 가을은 가르쳐 준다. 이렇듯 당연한 자연의 섭리를 거스르며 홀로 살아가기에는 너무나 많은 용기와 결단이 필요하며, 사랑하지 않고 살아가기에는 너무 먼 길이다. 찬바람이 불기 전에 부지런히 짝을 짓는 물잠자리도 나비들도 짧은 가을이 생의 전부임을 아는 듯 교정을 수놓는다.

　남편과 아내 사이로 만난 그와 나는 20년이 넘은 결혼 생활에도 불구하고 주말부부로 지내온 시간으로 따진다면 같이 산 세월이 10년 정도밖에 되지 않는다. 나에게 지상에서 허락된 단 한 사람으로 만났으니 그 소중함을 절실히 느끼면서도 늘 미안하고 부족한 아내의 자리. 먼 후일 언젠가 전원주택을 장만하고 강아지와 고양이를 기르며 텃밭을 가꾸고 책을 읽고 시를 쓰는 낭만적인 노후를 생각하며 일이 먼저인 삶을 살아온 우리들. 자식들에게도 나중에 더 좋은 것을 해주리라 미루며 사랑의 표현을 자제하며 살아온 것 같아 조바심이 난다. 늘 곁에 있을 것만 같은 가족들과 이웃들은 시간이라는 배를 타고서 세월의 파도에 밀려 내 곁에서 멀어지고 있음을 의식하지 못하고 살아 왔음을 불현듯 느끼게 하는 것도 가을 탓일까?

　교실 밖에서 이른 열매를 맺은 동백나무가 나를 보며 이야기를 걸어온다. '가을은 음미할 시간이 짧은 계절이라고. 그러니 미루지 말고 빨리 사랑하고 열매를 맺고 씨를 남기라고….' 추운 겨울에 붉은 가슴을 자랑하던 동백나무의 열매가 눈에 들어온 것도 이 가을에 달라진 점이다. 늘 볼 수 있는 열매라고 생각했던 것일까? 나무는 한 순간의 쉼도 허락하지 않고 할 일을 다 하고 서 있다. 닭 벼슬 같은 왕관을 자랑하는 키 작은 맨드라미도 부지런히 씨앗을 저장하느라 하루가 다르게 짧아지는 가을 해님에게 매달린다. 세찬 바람에도 제 몸 하나 부서지지 않고 열매를 위해 대지에 뿌리박은 녀석의 옹골찬 기색이 참 대견하다.

　가을은 나를 야단치고 불러 세우는 나무들과 꽃들의 아우성으로 귀가 먹먹해지는 계절이다. 대숲에 이는 잔바람마저도 그만 자고 일어나서 달님의 속삭임을 받아 적으라고 채근한다.

　'겨울이 오기 전에 숙제를 마치라고. 가을이 전하는 사랑의 메시지를 한 글 자도 빠뜨리지 말고 받아 적으라고. 사랑하기를 미루지 말라고….'

가을 앞에서

10월의 문턱을 넘어선 지 벌써 일주일이다. 세찬 물소리를 내던 계곡도 계절을 닮아 가는지 목소리를 줄여 가고 있다. 어쩌면 저 산들이 욕심을 내며 물기를 다 마신 탓인지도 모른다. 내년 봄 고로쇠나무를 찾아오는 산골 농부를 기쁘게 하려고 미리부터 담아 두었으리라. 피아골로 향하는 작은 도로에도 지난밤에 떨어진 알밤을 주워 세는 까마귀 부부가 미처 숨기지 못한 밤송이들이 길가로 굴러 나와 터져 있곤 하는 출근길 아침.

오전 수업을 마치고 점심시간이면 짧은 휴식이 나를 행복하게 한다. 놀고 싶어 하는 아이들을 운동장으로 내보내면 아이들의 웃음소리가 저 높은 하늘 속에 묻혀서 가끔 짖어 대는 동네의 강아지들과 합창이 되는 시간. 아이들이 노는 소리를 자장가 삼아 음악을 들으며 책을 읽어도 좋고, 한잠 자도 좋은 점심시간의 짧은 휴식이 주는 행복함! '좋은 책을 읽을 때면 나는 3천 년도 더 사는 것같이 생각된다' 고 말한 에머슨처럼 책의 향기에 취하는 순간. 얼마나 오랜 동안 달려왔던가? 눈 깜짝할 사이에 20여 년이

지나 내 젊음을 먹고 자란 제자들이 큰 키를 자랑하며 달려오는 지금. 이제야 하나 둘 보이기 시작하는 삶의 들판에서 추수할 시간을 기다리는 농부가 되어 가을 앞에 서 있는 나를 발견한다. 가을 하늘과 조용히 흐르는 계곡의 물소리, 가끔 찾아오는 새소리와 잘 어울리는 우리 아이들의 예쁜 웃음소리는 영혼마저 맑게 씻어 준다. 요란한 오후 시간 벨소리도, 종소리도 필요 없으니 창을 열고 아이들을 부를 시간이다.

"얘들아, 다 잘 놀았니? 어서 들어와라. 오후 공부 시작하자."

마치 '내 마음의 풍금'과도 같은 영화 속의 한 장면이 바로 여기에 있다. 잘생기고 젊은 총각 선생님 대신에 엄마 같은 선생님이라서 아이들 입속에 왕사탕을 넣어 주는 것으로 사랑을 표현하곤 하지만. 알밤처럼 잘 여문 아이들이 되어 세상 속에 나가서도 지금처럼 웃으며 행복하기를 바라는 소박한 소망으로 짧은 가을 해를 아쉬워하며 내 가을도 익어 가고 있다.

'인생은 짧으니 우리와 함께 여행을 하고 있는 자들의 마음을 기쁘게 해 줄 시간이 별로 없다. 오! 지체 없이 사랑하고 서둘러 친절하라.' 아미엘의 말처럼 산그늘이 드리워지는 겨울이 오기 전에 더 많이 사랑하고 따뜻해지고 싶다.

한 여름 밤의 독서

나는 지금 내 인생의 후반전을 시작하고 있다. 학교 일이 끝나고 퇴근도 하지 않은 채, 나 자신과 내기를 하고 있다. 짙은 밤꽃 향이 산등성이를 타고 동네를 지나 교정에 내려 앉아 짙푸른 나무들과 이야기를 나눈다. 참살이(웰빙) 하기에는 이 곳만 한 곳이 없으리라.

아스팔트로 뒤덮인 도시로 귀향하는 토요일에는 작은 한숨마저 나오곤 한다. 매연과 소음, 더운 공기 가득한 집을 찾아, 가족을 찾아 일터인 이 곳을 벗어나는 일을 아쉽게 느낄만큼, 이제 나는 지리산 피아골 계곡을 사랑한다.

지극히 일상적인 아내의 역할, 어머니의 역할이 기다리는 주말을 비껴서 학교로 돌아오면 숨통이 트이곤 한다. 흙냄새가 나는 땅, 나비들이 날아다니고 풀향기가 코끝을 간지럽히는 산골 학교는 어릴 적 고향의 모습을 닮았다.

아이들과 함께 배우는 바이올린, 점심 시간에 교정을 쩌렁쩌렁 울리는 사물놀이 한마당, 계곡을 타고 흐르는 마알간 시냇물 소리는 영혼마저 맑게 한다. 아이들도 산과 물을 닮아 착하고 예쁜 이 곳. 내일이면 갯벌체험을 간다고 즐거워하는 아이들의 웃음소리에 묻혀 하루가 간다.

낮에는 아이들과 즐겁게 공부하고 밤이면 부엉이처럼 눈을 키우고서 책들과 이야기하는 즐거움이 나를 붙잡곤 한다. 피터 드러커 교수의 〈프로페셔널의 조건〉을 읽으며 이 책을 좀더 일찍 만났더라면 내 인생이 좀더 나았을 거라는 한숨을 삼키고 무릎을 치며 읽어가고 있다.

앞으로 살아가야 할 시간이 아직도 많은데, 살아온 그대로 앉아서 무사안일하게 살 수 없다는 절박함이 나를 다시금 독학하던 청년기로 돌려놓고 있는 것이다. 흰머리를 감출 수 없게 된 지금, 아직은 건강한 몸을 더 움직여야 하고 고갈된 지적 재산을 비축할 필요를 절감하는 탓이다.

지식근로자로 살아야 할 내 운명을 감사하게 생각하며 머리숱이 빠져 나가는 정신적 압박감도 오히려 행복한 스트레스로 다가온다. 아이들에게 처음 다가서던 그 날처럼 다시 생각의 끈을 조이고 자세를 가다듬어 아이들 앞에 서야 함을 배운다.

최소한의 음식, 조용한 대자연의 노랫소리를 명상 음악으로 들으며 책장을 넘기는 손끝에선 책이 주는 예민한 기쁨과 희열이 나를 감싼다. 좋아하는 책을 읽고 요약하며 내면의 갈증을 풀어가는 한여름 밤의 고독을 사랑한다.

공부하기에 너무 늦은 나이란 애초부터 없다고 생각한다. 여든의 나이에도 오페라를 열정적으로 작곡한 베르디나, 아흔을 넘기면서도 왕성하게 그림을 그렸던 피카소까지는 못 되어도 그들의 발아래에서 흉내라도 내보는 이 시간을 참으로 감사하게 생각한다.

좀더 일찍 만나지 못한 아쉬움에 더욱 몰입하게 하는 책, 〈프로패셔널의 조건〉을 만났으니 이제 진정으로 그 조건 하나하나에 나를 비춰 보며 닦는 일만 남았다. 지식 근로자가 아니더라도, 어떤 분야에서 프로가 되기를 원하는 사람이라면 금방 친해지리라 믿는다.

2
동그라미 선생님

나의 초보 시절

1980년 10월 25일, 3년 4개월의 지방행정서기를 끝으로 교직에
발을 들여놓았다. 집에서 거의 네 시간 걸려 찾아간 고흥의 바닷
가 학교. 하루에 두 번밖에 다니지 않던 군내 버스를 놓칠까 봐 전
전긍긍했던 기억이 새롭다. 교사가 부족했던 시기였기에 우리 반
아이들 48명은 옆 반 아이들과 합반이 되어 100명에 가까운 아이
들이 함께 생활하고 있었다.

지금은 폐교되어 버렸지만, 그때는 12학급의 제법 큰 학교였
다. 처음 찾아가던 날은 마침 가을 운동회를 하고 있었다. 부임
인사만 간단히 하고 자취방을 찾아 나섰다. 둘째 날은 가을 소풍
이라서 어정쩡하게 보냈다.

48명의 아이들과 교실에서 처음 만나게 된 것은 사흘째 되던 날
이었다. 그 당시는 초등학교 교사가 부족하던 때였다. 그 영향으
로 우리 반 아이들은 석 달째 옆 반과 합반하여 96명의 아이들이
함께 공부하고 있었다. 교사자격증을 얻고 순위고사를 거쳐 학교
에 부임했지만 가르치는 일은 서툴렀던 햇병아리 교사 시절. 사

실상 첫날이나 마찬가지인 사흘째 되던 날. 나는 울보 선생이 되고 말았다.

진단평가를 하려고 국어 시험지를 나누어 주고 난 뒤 10분도 채 되지 않아 아이들이 웅성거렸다. 다 했다는 게 아닌가? 너무 빨리 끝낸 게 의아해서 시험지를 살펴본 나는 깜짝 놀라다 못해 충격을 받고 말았다.

"얘들아, 벌써 다 했니?"

"예."

"공부를 참 잘하는가 보구나."

"…."

다 했다는 아이들의 시험지를 거두다가 스물네 살의 초보 교사는 아이들의 시험지를 들고 교장실로 달려가고 말았다.

"교장 선생님, 저 그만두겠습니다."

"아니 무슨 일로 이렇게…."

"48명의 아이들 중에서 15명의 아이들이 글씨를 읽지 못합니다. 1, 2학년도 아닌 4학년 아이들의 30퍼센트 이상이 한글을 깨우치지 못했으니 제 힘으로는 너무 벅찰 것 같습니다."

거의 울다시피 말하는 햇병아리 교사의 3일 만의 사직이기에 듣고 계시던 교장 선생님은 이렇게 대답해 주셨다.

"정 그러시다면 장 선생님이 한 달 동안만 참고 가르쳐 주시면 어떨까요? 아이들을 염려하는 마음이 커서 눈물부터 보일 정도라면 충분히 아이들을 위할 수 있다고 봅니다. 한 달 뒤에도 지금 같은 마음이라면 기꺼이 받아들이겠습니다."

이제는 타성에 젖어 정열보다는 앞뒤를 재기에 바쁘고 열심히 뛰어야 할 자리에서도 주춤거리며 머뭇거리는, 때가 낀 내 모습에 놀라곤 한다. 한 달을 약속한 교직 생활이 어느덧 20년을 넘겼

지만 그때의 정열이 그립다. 아이들이 너무 딱해서 무거운 책임
감에 울어 버린 초보 교사 시절처럼 아이들을 사랑하고 싶을 뿐
이다.

'청출어람'의 기쁨

올림픽 체조 은메달 김대은 선수! 텔레비전 화면에 비친 김대은 선수는 내가 근무했던 영광중앙초등학교 3학년 때의 제자가 분명했다. 어느 아이보다 똘똘하고 개구쟁이였던 귀여운 소년의 모습이 남아 있었다.

학기 초 어느 날인가, 자리 배치를 하려는데 대은이가 한마디 했다.

"선생님, 앉고 싶은 사람하고 앉으면 좋겠어요."

"그래? 그런데 남자와 여자가 짝이 되어야 한다."

"에이, 남자끼리 앉으면 안 되나요?"

"난 아직까지 그렇게 자리를 앉게 한 적이 한 번도 없는데…."

"그럼 이렇게 하자. 가장 먼저 말하는 사람에게 짝을 주기로."

그렇게 말했지만 수줍은 아이들은 아무도 선뜻 나서는 아이가 없었다.

"에이, 바보들이다. 우리 반 남학생들! 용감한 사람이 미인을 차지하는 건데…."

그러자 제일 먼저 대은이가 손을 번쩍 들었다.

"선생님! 저 ○○○랑 앉을래요."

그러면서 남학생들 사이에서 가장 인기가 많던 예쁘장한 여자 아이를 지목해서 제일 먼저 짝꿍을 차지했다. 그러자 다른 남학생들도 앞 다투어 여자 아이들의 이름을 댔다. 그렇게 해서 우리 반 아이들은 서로 선택해서 자리를 앉게 했으니, 짓궂은 담임에 못지않은 대은이었다.

지금 현재 국가대표 체조 선수로 활동하고 있는 김승일 선수도 우리 반 아이였다. 그때 영광중앙초등학교에는 체조 선수를 지도하는 시스템이 있어 선수를 선발하여 지도하는 학교였다. 그 아이가 초등학교 3학년이던 해에 우리 반 아이들 네 명이 학기 초부터 체조반에 선발되었다. 오전 수업을 마치고 오후 시간은 체조 연습에 가서 열심히 활동하던 작은 소년들이었다. 그 두 아이는 몸도 민첩하고 성격도 밝아서 오전 수업만 마치고 강당으로 체조를 배우러 가는 부지런함을 보인 아이들이었다.

운동선수로 성공하는 일이 얼마나 멀고 험한 길인데, 그 어린 날부터 자신의 앞길을 스스럼없이 선택하여 열심히 살아오며 흘렸을 땀과 눈물이 얼마였을까? 부상으로 고생했을 시간은 또 얼마나 많았을 것인가? 그가 메달을 걸고 시상대 위에서 애국가를 따라 부르는 동안 내 가슴은 숨이 멎을 듯이 기쁘고 대견했다. 이렇게 먼 후일에 제자의 모습을, 그것도 온 인류가 다 보는 텔레비전 화면을 통해 체조하는 모습을 보고 마음 졸이며 응원하는 날이 오다니!

아깝게 금메달은 놓쳤지만 우리나라 체조 역사상 처음 이룬 쾌거라 하니 더욱 값지고 자랑스러운 제자이다. 그 아이들이 그 오랜 시간 동안 매트와 마루에 뿌렸을 피 같은 땀의 결실 앞에 끝없는 찬사를 보내며 오늘의 영광이 밑거름이 되어 그의 앞날이 더욱 환하길 비는 마음 간절하다.

장하고 장하구나. 아름다운 열매를 보는 '청출어람'의 기쁨으로 올 여름은 어떤 더위에도 지지 않을 선물을 받았다.

오래 가는 기쁨

날마다 찾아오던 달님이 오늘은 결석이다. 보름달 대신 겨울비에 실려 보낸 겨울바람이 마지막 남은 교정의 단풍잎들을 몰고 가버릴 모양이다. 대숲을 흔드는 초겨울 바람이 빈 교정을 지키는 저녁 나그네를 몽상으로 몰고 가는 늦은 저녁.

교과지도에 특기 적성 지도, 무용 지도로 바쁜 하루를 보내고 잠시 눈을 들어 나로 돌아오는 시간은 늘 해문이로 어두워진 시각이 되곤 한다. 장소는 달라도 늘 고만고만한 아이들을 보며 살아온 세월이 어느새 25년째. 그래서인지 가끔은 나이를 잊을 때가 있다. 나는 거기 그대로인데 어른이 되어서, 처녀 총각이 되어서, 어엿한 직장인으로, 군인 아저씨의 모습으로 찾아오는 제자들을 보는 일은 즐거움이기도 하지만 잊고 살아온 내 시간을 돌아보는 계기가 되곤 한다.

다섯 번째 주례를 서 준 점현이가 딸아이의 돌잔치에 초대하고 싶다며 전화를 했다. 1980년 10월 25일, 고흥 가화에서 4학년 48명의 담임으로 교직에 몸을 담았을 때 가르친 제자가 이젠 어엿한 가장으로 남편과 아버지가 되었다. 이젠 원하진 않지만 기쁘게 '할머니' 소리를 듣게 생겼다. 2시간 걸리는 가정 방문 길에 점현이를 데리고 산길을 돌아가며 다리 아프다는 그 애를 등에 업어주기도 했는데, 11살짜리 소년이 서른 살이 넘은 아빠가 되었으니 내가 할머니 소리를 듣는 것은 좀 억울하지만 행복한 일이 아닌가? 지난 스승의 날에는 부부가 함께 저녁 식사를 초대하며 비싼 화장품까지 안기며 늙지 말라더니, 이번에 예쁜 딸아이를 안겨 주며 할머니 연습을 하란다.

1980년에도 선생님의 수가 모자라서 우리 반 아이들은 석 달 가까이 옆 반과 합반을 하여 96명이 한 교실에서 부대끼며 살고 있었다. 고향에서 3시간 반이나 걸리는 그곳을 찾아가며 스물네 살의 처녀 선생은 굽이굽이 비포장 바닷가를 돌아가는 시골 버스에서 얼마나 울었던가? 자취방의 문을 열면 바다 냄새, 파도 소리가 담벼락을 치던 곳. 바다에 다녀온 학부모님이 커다란 게를 보내면 무서워서 만지지도 못하고 민물에 담가놓아 죽은 다음에 삶아먹던 일, 살아있는 낙지를 보내주면 그것은 더 징그럽다고 손도 못 대고 그대로 학교로 가져가 남선생님들이 그 자리서 홀랑 잡수던 모습에 기겁을 했던 일.

내가 살던 가화면 대통 부락에 살던 우리 반 점현이와 옆 반 아이 두 명은 내 방에 놀러오는 단골손님이었다. 아침 등굣길에도 같이 가고 퇴근할 때도 같이 다니는 삼총사 소년들은 밤에도 내 방에 와서 공부를 하고 독서하다 배가 고프면 부침개를 해먹곤 했었다. 추운 겨울 밤길을 보내기 안쓰러운 날은 좁은 내 방에서 한 이불을 덮고 아이들에게 팔베개를 해주며 이야기하다 잠들곤 했던 철없던 그날의 모습들이 그림처럼 떠오른다. 삼총사 중에 두 아이의 결혼 주례까지 서 주었으니 '가르치는 자리' 가 얼마나 아름다운 만남을 선물했는지 모른다. 1년 반 만에 결혼과 함께 읍내 학교로 떠나던 날, 아이들의 눈물 속에 이임 인사도 제대로 못하고 함께 울어버린 나를 찾아 아이들은 일요일이면 양동이에 한 아름씩 바지락을 잡아 1시간도 더 걸리는 먼 길을 단체로 몰려오곤 했었다.

그림을 잘 그리던 형진이는 방학 때 보낸 편지에 연필로 내 모습을 그려서 보냈는데 얼마나 잘 그렸는지 놀랐고, 여자 아이들은 결혼 앨범까지 선물해서 지금도 그 빨간 앨범에 결혼사진이 담겨 있어 항상 함께 살고 있는 셈이다.

그 소년들의 머릿결 냄새가, 소녀들의 명랑한 웃음소리가, 조그맣고 통통했던 손가락으로 쓰던 글씨가 누구의 것인지 아직도 기억해 낼 수 있을 만큼 내 의식은 젊은데 아이들은 어른이 되어버렸고 나는 아직도 그 자리에서 아이들을 보내고 맞으며 늘 한 자리에 서 있다.

이젠 인생의 선배, 결혼의 선배, 먼저 부모 된 선배로서 내가 겪은 시행착오를 거치지 않기를 바라는 진솔한 덕담을 준비해야 하겠다. 그리하여 우리 점현이 부부가 결혼의 언덕을, 어버이의 고개를 숨차지 않게 넘을 수 있기를 비는 간절한 기도를 해 주고 싶다.

인생을 보석보다는 생수처럼 살 수 있기를, 조급하기보다는 천천히 살기를, 높게 살기보다는 넓게 살 수 있기를! 그리하여 따스한 사람으로, 오래가는 기쁨을 음미하며 향기롭게 살 수 있기를 빌어주고 싶다. '점현아! 참 고맙고 감사하구나. 내게 이렇게 오래가는 기쁨을 선사해 주어서…'

사랑해요, 선생님!

여름방학을 앞두고 〈말하기, 듣기〉 국어 숙제로 '선생님께 전화 걸기'를 내 주었을 때의 일이다. 알림장에 내 전화번호를 적어 주고 배운 대로 전화를 잘 하는 아이에게는 칭찬 점수를 준다고 했지만 20명의 아이들이 읽기나 쓰기 숙제가 아닌 〈말하기, 듣기〉 숙제를 내주면서도 크게 기대를 걸지 않았다.

그런데 아이들의 전화는 3시경부터 줄기차게 이어졌다. 머뭇거리는 아이에게는 내가 먼저 질문을 하여 인사말이나 하고 싶은 말을 유도하며 상대방이 곁에 있는 것처럼 마음을 담아서 인사를 하거나 하고 싶은 말을 전하는 복습을 시키면서 행복한 수행평가를 했다. 아직도 유아 발음이 섞여 있는 아이들의 귀여움과 머뭇거리는 수줍음, 약속이나 한 듯이 비슷한 말을 하는 천진스러운 전화를 받으며 더위에 지쳐 교실을 청소하면서도 내내 즐거웠다. 그런데 퇴근 시간을 넘긴 5시 반 경에 걸려온 동훈이의 전화에서 절정을 이루었다.

"선생님, 안녕하세요? 저 동훈이에요."

"동훈아, 안녕? 동훈이가 숙제 전화를 하는 거니?"

"예, 그런데 선생님 지금도 학교에 계세요?"

"응, 일이 좀 남아서 퇴근하지 못했단다."

"언제 가실 거예요?"

"곧 갈 거야. 다른 친구들은 오늘 숙제를 물어보는 전화를 많이 하던데 동훈이는 다르네? 동훈아, 동생도 잘 돌보고 내일 보자. 동훈이 숙제 합격!"

"선생님, 안녕히 계세요. 선생님, 사랑해요!"

"어? 선생님도 동훈이 사랑해!"

전화를 끊고서도 한참 행복했다. 전혀 예상하지 못한 어린 제자의 사랑스런 멘트에 감전되고 만 것이다. 아니, 내가 동훈이에게 배웠다고 해야 맞는 표현이다. 퇴근을 하고서도 행복한 여운이 남아 있었다. 그런데 그 행복함을 나 혼자만 알기가 아까워서 동훈이 엄마에게 전화를 했다. 이제 겨우 1학년짜리 어린이가 어떻게 그렇게 상대방의 마음까지 느끼며 상황에 맞게 사랑스런 말을 전할 수 있었는지, 거기에는 가정에서 남다른 가르침이 있었을 거라는 확신이 들었기 때문이다.

"동훈이 엄마, 오늘 학교에서 전화하기 숙제를 내주었는데 동훈이가 전화 받는 예의도 좋고 하고 싶은 말도 똑똑하게 잘 했어요. 특히 끝인사에는 '선생님, 사랑해요' 라고 말해서 얼마나 감동했는지 몰라요. 그래서 동훈이 엄마께 그 비결을 여쭈어 보려고 전화했습니다."

"예, 선생님. 전화 주셔서 고맙습니다. 우리 동훈이는 할아버지나 가족들에게 전화를 할 때마다 항상 끝인사에 '사랑해요' 라는 말을 꼭 하도록 가르쳤답니다. 할아버지나 할머니께서도 참 좋아하신답니다."

"참 훌륭한 가르침입니다. 가족끼리, 아끼는 사람끼리 사랑하고 아끼는 마음을 표현하는 것은 아름다운 일입니다. 눈에 보이지 않는 상대방에게 예의를 갖추어 전화하는 동훈이의 모습이 참 예뻤답니다. 고맙습니다. 저도 열심히 가르치겠습니다."

"선생님, 감사합니다. 안녕히 계십시오."

'사랑에는 한 가지 법칙 밖에 없다. 그것은 사랑하는 사람을 행복하게 만드는 것이다' 고 한 스탕달의 말을 여덟 살 어린 꼬마가 행동으로 옮길 수 있도록 할아버지께 전화를 할 때마다 '할아버지 사랑해요' 를 가르쳐 왔다는 동훈이 엄마의 교육 방법을 나도 우리 가족들에게 용기를 내서 실천해야겠다. 우리는 사랑하는 가족들에게조차 사랑한다는 말에 얼마나 인색한가? 세상에서 가장 아름다운 단어 '사랑해요' 를 부끄러워서, 용기가 없어서 표현하지 못하고 살아온 시간을 돌아보게 되었다.

1학기 생활통지표에 들어갈 가정통신문을 개인별로 저장하는 작업이 몇 시간이 걸려서 어깨는 이미 감각조차 없었지만 어린 제자의 사랑스런 전화에 내 마음은 붕붕 하늘을 날고 있었다.

"선생님, 사랑해요!" 두 마디는 1학년 꼬마들과 함께 산 100일 만에 들었던 가장 행복한 단어이다. 나는 그 두 마디가 좋아서 아직도 이 자리에 서 있는지도 모른다. 여름방학의 끝자락이 보인다. 더위 속에서도 논두렁의 벼처럼 씩씩하게 잘 자라 까맣게 그을린 얼굴로 내 품에 달려들 아이들의 싱싱한 웃음을 생각하니 그저 행복하다. 2학기에는 동훈이에게 배운 사랑의 멘트를 꼬마들 가슴에 많이많이 안겨줘야겠다. 아이들은 사랑으로 자라기 때문이다.

행복의 비밀

봄기운이 완연한 오늘 아침의 등굣길은 아일렌베르크 리하르트의 아름다운 관현악 곡 '숲 속의 물레방아' 속의 한 장면 같았다. 조용히 흐르는 시냇물, 나무숲에서 포롱포롱 날아와 지저귀는 새들의 노랫소리. 달려오는 아이들의 재잘대는 목소리도 이젠 새소리처럼 들린다. 아직도 꽃을 덜 피운 동백꽃은 잎사귀에 숨어서 숨바꼭질하듯 피어 있고, 철쭉도 꽃부터 피우려고 벌써 기지개를 펴고 있다. 지난해에 부지런한 이재춘 주사님께 머리를 깎인 키 작은 매화나무는 옹골차게 꽃들을 달고 봐 달라고 손짓한다. 매화마을까지 가지 않아도 된다고 부르고 서 있다. 그렇게 한참 동안 해찰을 하고 들어오니 은혜와 진우가 교실 바닥에 엎드려 독서중이다. 그런데 늘 단정하고 예쁜 은혜와 진우의 모습이 좀 이상했다. 머리를 긁적이고 얼굴은 얼룩덜룩하다.

"은혜야, 세수 안 했니? 머리는 왜 그래?"

은혜는 대답 대신 머리만 긁었다. 상황을 보니 아침밥도 먹지 않은 것 같고, 이도 닦지 않았고, 세수도 안 했다. 아이를 데리고 교무실로 가서 따뜻한 물에 얼굴을 씻기고, 이를 닦게 하고, 머리를 빗겼다. 알고 보니 외할머니께서 동네 어른들과 아침 일찍 봄나들이를 가시느라고 아이들만 학교로 온 모양이다. 비상용 우유와 빵을 먹이니 곁에 있던 서효가 "맛있겠다. 나도 밥 한 톨밖에 안 먹었는데…" 한다. 먹고 싶은 마음에 과장법까지 쓰는 영리한 녀석. 말수가 적은 찬우는 나만 쳐다보며 저도 먹고 싶은 모양이다. 그러다 보니 아침 독서 시간이 간식 먹는 시간이 돼 버렸다. 오물오물 맛있게 먹는 아이들을 보니 이제는 다 커 버린 우리 집 아이들 생각이 났다.

아침밥을 제대로 먹는지 지켜봐 주지 못하고 늘 출근이 바빴던 엄마 탓에 점심까지도 혼자 챙겨 먹던 우리 두 아이. 순간적으로 마음이 아려 왔다. 아들은 최전방부대에서, 딸아이는 혼자 대학에 다니며 학원 공부까지 하느라 밤 11시에 집에 들어가니, 엄마 노릇 못하는 것은 여전하다. 이제는 아예 토요일에만 집에 가니 딸아이는 거의 독립해서 사는 셈이다. 홀로서기를 그렇게나 강조하고 강요해 온 어미였으니 새삼스러울 것도 없지만…. 먼 후일 나는 참으로 자식들에게 미안해할 (지금도 늘 미안해서 혼자 울곤 하지만) 것 같다. 자식들에게 유년의 추억이 없는 어미의 자리가 아프게 다가선다.

그래서 나는 6학년 자녀를 둔 내 반 부모들이 공부를 위해서 자식들만 타지로 멀리 보내는 것을 극구 말리곤 했다. 자식들과 함께하는 시간이 그리 많지 않으니 초등학교와 중학교만이라도 곁에 두고 눈 맞추며 살아야 한다고. 그것이 가족이라는 이름으로 최소한의 추억을 공유할 수 있다고.

실제로 초등학교 6학년 때 서울이나 대도시로 간 아이들보다 시골 학교에서 졸업한 제자들이 더 좋은 대학교에 가는 경우가 훨씬 많았다. 부모 곁에 있으니 정서적으로 안정되고, 농어촌 점수를 받으니 도시로 가서 내신 점수가 불리해진 아이들보다 더 좋은 결과를 얻곤 했다.

우리 집 아이들을 생각하며 나는 늘 아침밥을 먹고 학교에 왔는지 확인하는 버릇이 들었다. 배를 눌러서 만져 보기도 하고…. 지난해에 가르친 5, 6학년 우리 반 아이들은 공부하다가도 배가 고프면 칭얼대는 게 버릇이 되었다. 특히 정재성! 녀석은 유난히 엄마밖에 모르는 효자였는데, 2교시가 끝날 때쯤 되면 "선생님! 아침밥을 먹었는데도 배가 고파요. 뭐 먹을 것 없으세요?" 한다. 그럴 때마다 "요 녀석, 내가 네 엄마냐?" 하면서도 그냥 지나치지 못해서 간식거리를 주곤 했었다. 그 대신 공짜가 아니었다. 심지어 수학문제를 풀다가 잘 생각이 나지 않으면 "선생님! 볼때기 한 번 비빌 테니 사탕 하나 주시면 안 돼요?" 하고 애교를 떨어서 기어이 볼 한 번 비비고 사탕을 먹곤 했다.

아! 그 행복. 우리 아들 대신이라는 변명을 붙여서 시작했던 작은 장난은 지금도 여전하다. 지금은 6학년이면서도 그 버릇은 6학년이 아니다. 우리 1, 2학년과 똑같다. 행여 제자를 성추행한다고 놀림당할까 봐 이제는 참고 있는데 녀석은 마냥 사탕 타령이다. 그러다 보니 주말에 집에 가서 시장을 볼 때면 늘 아이들의 간식거리를 챙기는 버릇이 들었다. 형성평가를 잘해도 사탕, 공부가 재미없을 때도 꼬드기는 자료가 사탕이니 놀아 주는 재주가 없는 내가 선택한 궁여지책이다.

그렇게 행복을 나누던 문화와 진호는 중학생이 되어 아침 7시 차를 타는지 얼굴 보기도 어렵다. 초등학교보다 훨씬 빠른 등교 시간에 맞추느라 아침밥을 굶고 가지는 않은지, 훨씬 많아진 학과 공부에 힘들어하는 건 아닌지…. 이제는 내 울타리를 떠나 더

너른 세상을 향해 날갯짓하는 그들의 행복한 미래를 위해 기도해 주는 일밖에 없는지도 모른다. '당신의 행복은 당신이 사랑하는 사람의 행복 속에서 발견된다' 고 한 뒤랑 팔로의 말처럼, 내 행복은 가족의 행복에서, 사랑하는 제자들이 행복한 데에 있으리라.

오늘 밤에는 우리 반 병아리들이 남기고 간 바람개비들이 주인 대신 날아다니며 아이들의 소원을 들어주면 참 좋겠다. 몸무게가 늘어서 태권도학원에 등록한 나라가 잘 적응해서 '몸짱' 이 되어 먹고 싶은 음식을 마음대로 먹을 수 있기를!(오늘 점심시간에 떡볶이를 더 먹겠다고 한 것을 살찐다고 못 먹게 한 일이 마음에 걸리고 점심 후에도 독서한다는 걸 억지로 운동시키려고 뒷산을 같이 올랐다.)

창밖에 어스름이 깔리고 있다. 벌써 4월이다. 이곳에서 보내는 마지막 해를 쥐가 소금 먹듯이 아끼며 살지만, 그래도 시간이 가고 있나 보다. '행복의 비밀은 자신이 좋아하는 일을 하는 것이 아니라 자신이 하는 일을 좋아하는 것이다' 고 한 앤드루 매슈스보다 나는 더 행복하다. 좋아하는 선생의 일을 좋아서 하기 때문이다.

꽃들의 대화

 이제 막 눈을 뜬 벚꽃이 팝콘처럼 와르르 터져서 군침이 돌게 하는 벚꽃의 행렬로 산속 학교는 날마다 축제 분위기이다. 어쩌면 작년 크리스마스이브에 우리 연곡분교장의 전교생이 동네 교회에 나가서 바이올린과 부채춤을 공연하던 날 밤에 내린 하얀 눈으로 학교가 온통 하얀 등을 켰던 때처럼.

 교정의 나무들이 켜 놓은 하얀 수은등을 두고 잠을 잔다는 것은 벚꽃에게 참 미안한 일이다. 저렇게 한 자리에서 한순간에 모든 정열을 터뜨린 그 옹골차고 기특한 모습, 겨우내 지켜 낸 꽃망울의 인내와 수액을 고르며 꽃 피울 그날을 위해 참아 온 뿌리의 질긴 모성애를 생각하면 모두 떠난 교정에서 나만이라도 눈이 시리도록 봐 줘야 될 것 같다.

 꽃들은 보이기 위해 피는 것은 아니지만, 꽃처럼 살고 싶어지는 부질없는 욕심에 한없이 부끄러워진다. 며칠만이라도 바람도 불지 말고 비도 오지 않기를. 그래서 좀 더 오래 곁에서 보고 싶다. 한 해도 거르지 않고 아무런 말도 없이 꽃 피울 그날을 어기지 않고 약속을 지키고야 마는 무언의 가르침을 들어 보려고 현관을 나서니 키 작은 데이지 꽃이 "주인님! 저는 하루도 거르지 않고 날마다 피었는데 저를 봐 주지 않나요? 내 친구 팬지의 노란 날개는 또 얼마나 예쁜데요!' 하며 발길을 붙잡는다.

꽃을 좋아하는 우리 이재춘 주사님의 정성을 먹고 자라서 통통한 줄기를 자랑하며 날마다 꽃대를 올리는 귀여운 녀석들이다. 그런데도 만약에 꽃들이 말을 한다면 나는 덜 좋아할 것 같다. 꾸밈말이 필요 없는, 아니 더 이상 꾸밀 말조차 없는 '꽃' 이기 때문이다. 내게도 저렇게 말이 없어도 통하는 친구가 많이 있다. 첫째로는 우리 반 아이들이다. 나이가 어릴수록 더 잘 통한다는 것을 1, 2학년을 처음 맡은 올해에 깨달은 것이다. 머리를 굴릴 줄 모르는, 그저 투명함이 드러나는 그 모습이 바로 꽃이다. 아마 나도 나이가 들어서 다시 아이가 되어 가는 모양이다.

우리 1, 2학년 아이들에게 가르칠 바이올린을 연습하고 나니 벌써 어스름이 내려온다. 바이올린 강사님께 한 곡이라도 더 빨리 배우게 하려면 나도 늘 연습을 해서 실기 지도를 할 수 있어야 하기 때문이다. 담임인 내가 모르면 복습을 시키기도 어려우니까. 아직도 우리 1학년 꼬마들은 바이올린을 하자 하면 어깨가 아프다며 얼굴을 찡그린다. 그래도 작년 유치원 때부터 배운 서효는 연습을 마다하지 않고 즐겨 하니 참 예쁘다. 연습하라는 횟수만큼 끝내고 쪼르르 달려온다.

"자, 이번에는 악보도 안 보고, 손가락도 안 보고 눈을 감고도 할 수 있도록 해 보렴."

"예, 선생님. 저도 할 수 있어요."

제 키만 한 바이올린을 켜는 모습을 보면 그 앙증맞은 모습이 귀여워 뽀뽀라도 해 주고 싶다. 가장 가지고 싶은 물건이 바이올린이라는 것을 보면 우리 학교에서 실시하고 있는 바이올린 지도가 그 아이의 음악성을 기르는 데 힘이 되고 있음을 본다. 그것뿐이 아니다. 놀라운 집중력과 차분함까지도 길러지고 있다.

우리 아이들도 한 송이 꽃이 되기 위해 길고 긴 여정을 시작한 학교생활. 이제 겨우 유치원 생활을 접은 1학년이면서도 60분 이상 진행되는 복식 수업을 잘 견디는 모습이 참 대견하다. 좋은 책 한 권을 다 읽었다고 늘 자랑하는 진우, 아침마다 머리 감았다고 머리를 들이미는 나라, 알림장에 도장 찍어 왔다고 졸졸 따라다니는 서효, 그림을 그렸다고 자랑하는 은혜, 손수건 가지고 왔다고 자랑하는 찬우, 화장실에서는 선생님께 배운 대로 '똑똑똑' 도 열심히 하며 위생적인 습관을 몸에 익히면서 작은 신사들이 되어가는 우리 1학년 남자 아이들. 실내화도 제일 깨끗이 빨아 오는 그 좋은 습관이 평생 가기를 바라며, 나는 오늘도 잔소리 대장을 하느라 점심시간도 되기 전에 배가 고프다.

연필 잡기, 글씨 획순 지도하기를 비롯해서 책상 속 정리하기 등, 평생 갈지도 모르는 기초 · 기본 학습 습관을 앵무새처럼 쫑알대는 1, 2학년 왕초보 선생은 이제야 저학년 선생님들의 노고에 머리 숙여 감사를 드린다. 하루에도 몇 번씩 씻으라는 손도 잘 씻는다. 글씨를 쓸 때마다 꼭 끼워 쓰라는 책받침을 잘 챙기지 못하는 서효는 물건 챙기느라 해가 간다. 동그라미 하나라도 더 보태서 월말에 주는 동화책 선물을 제일 먼저 고르려고 다섯 명의 경쟁자들은 하루가 바쁘기만 하다.

이 아이들이 지금처럼 있는 그대로 자연의 모습을 닮아 꽃처럼 살 수 있기를, 아니 꽃을 피우기에는 너무 힘든 토양을 만나더라도 기어이 꽃을 피워야 한다는 '살아 있음의 약속'을 저 벚꽃처럼, 팬지처럼, 데이지처럼 지켜 내리라 든든하게 믿으며 말없이 뿌리의 역할을 다하고 싶다. 어쩌면 아이들은 그들 스스로 이미 꽃이기에 아름다운 꽃을 보면 감탄하면서도 꺾을 줄도 모른다. 꽃이 아파한다는 것을 참 잘 알기 때문이다. 내일은 아이들을 몰고 꽃들과 이야기를 하러 나가야겠다. 꽃들을 면담하는 거다. 사람 꽃인 아이들과 자연의 꽃들이 나눌 언어가 벌써부터 궁금해진다. 오늘 밤은 참 퇴근하기 싫은 밤이다.

생일은 감사하는 날

점심시간에 급식실로 들어서는 5학년 지현이의 눈이 퉁퉁 부었다. 이유를 알아보니, 어제가 생일이었는데 부모님이 깜박 잊고 못 챙겨 줘서 어젯밤에 기다리다 못해 부모님께 투정을 부리는 바람에 꾸지람을 듣고 많이 울어 버렸다고 한다.

우리 연곡분교는 초등학생이 16명, 유치원생이 9명으로 모두 25명이 학교에 다니고 있는 작은 학교이다. 그러다 보니 아이들의 자질구레한 일들이 모두 알려지고 가족처럼 지낸다. 두 학년을 묶어서 담임을 하지만 네 반 내 반이 따로 없이 모든 선생님이 전교생을 지도하는 일이 많다. 바이올린도 그렇고 사물놀이도 4학년 이상 모두가 참여한다. 체험학습에는 유치원생들도 함께 가곤 했다. 도시 학교에서처럼 집단 따돌림이라든가 학교 폭력이라는 단어조차 이해하지 못하는 아이들이 많다. 오히려 그런 단어를 가르치려면 설명하는 데 꽤나 시간이 걸린다.

요즈음 아이들은 부모로부터 내리사랑을 너무 많이 받아서 탈이다. 생일만 해도 그렇다. 우리 1학년들도 자기 생일인 날은 마치 큰 자랑거리인 양 아침부터 친구들에게 광고를 한다. 축하를 꼭 받아야겠다는 듯이. 그럴 때마다 나는 한마디 하는 걸 잊지 않는다. 아이들은 색종이 접기를 하거나 예쁜 종이에 축하의 글과 그림을 그려 축하해 주고, 나는 책 선물을 주곤 했다. 충분히 축하를 해 준 다음엔 꼭 타이르는 말도 곁들인다. 시골 아이들이니 특별하게 생일 선물을 받거나 이벤트가 없어 생일에 오히려 시무룩한 아이들이 있기 때문이다.

"얘야, 생일은 물론 축하를 받는 날이야. 그런데 그것보다 더 먼저인 것은 낳아 주신 부모님이 너를 낳아 기르며 고생하신 은혜에 감사를 드리는 날이란다. 어느 나라의 유명한 정치가는 자기 생일에는 하루 종일 물 한 모금도 마시지 않고 꼬박 굶으면서 어머님이 자신을 낳으실 때 겪으신 고통을 생각하며 간절하게 어머님을 사모했단다. 밥을 굶으면서까지 부모님을 생각하며 깊이 감사는 드리지 못할망정 좋은 선물이나 외식을 안 시켜 줬다고 떼를 쓰면 되겠니?"

이제 우리 1학년 아이들은 자신의 생일이 되면 부모님께 감사 편지를 써서 드리고 큰절을 올리도록 교실에서 실습을 해서 보내곤 한다. 점심이 끝난 뒤 지현이를 조용히 불러 우리 1학년 아이들에게 해 준 이야기를 들려주었다. 영리한 아이라서 금방 깨닫고 눈물을 글썽거렸다. 생일에 부모님 마음을 아프게 해 드린 일을 먼 훗날 아파하게 될 때쯤이면 세상에서 자신을 가장 사랑해 주신, 세상의 무엇과도 바꿀 수 없는 그 부모님이 이 세상에 안 계실 거라는 말에 눈이 벌게지며 고개를 숙였다.

우리나라 부모님들의 자식 사랑은 그 도가 지나쳐서 탈인지도 모른다. 끝없는 내리사랑이 다 좋은 것만은 아니라고 생각한다. 때로는 모질게 홀로 서게 해야 할 경우에도 안쓰러워서 받침대를 거두지 못해 부모 곁을 맴돌게 하여 정신적인 젖 떼기를 놓치는 경우를 많이 보곤 한다.

생일이면 비싼 식당으로 초대를 하는 도시 아이들의 모습, 집에서 치르는 경우에는 친구들을 몽땅 불러 엄마를 고생시키는 모습은 뭔가 잘못되었다고 생각한다. 축하를 해 주는 것이 잘못되었다는 뜻이 아니라 주객이 전도되어서는 안 된다는 뜻이다. 어머니 스스로는 그렇게 가르치지 못해도 가족 중에서 할아버지나 아버지, 유치원 선생님이든 어른들 누군가는 가르쳐야 한다고 생각한다.

이제 우리 지현이는 자신의 생일이 돌아올 때마다 부모님께 감사 편지를 쓰고, 생일 아침에는 감사의 큰절을 올리리라 믿는다. 사람이 동물과 다른 점은 치사랑(윗사람에 대한 공경과 사랑)이 가능하기 때문이 아닐까?

요즘은 매체건 광고건 간에 '웰빙'을 외쳐 대곤 한다. 우리 글로 풀이하자면 '참살이'라고 한다. 진정한 참살이가 뭔가? 사람이 사람다움 아니겠는가? 물질문명에 치여서 정신적 가치가 뒤로 쳐진 삶을 바르게 제자리로 돌려놓는 일이 진정한 웰빙이라고 생각한다. 영양식으로 잘 먹고 운동으로 몸을 잘 다스려 건강하게 오래 사는 것 이상으로 중요한 것이 정신적인 참살이라고 생각한다면, 생명의 시작인 생일의 의미부터 자라나는 우리 아이들에게 제대로 가르쳐서 치사랑의 기본을 닦아 주는 것이 소중하지 않을까? 더 넓게 생각하면 자신이 받은 고귀한 생명을 전수시키기 위해서 결혼은 선택이 아닌 필수이며, 자식을 낳아야 함도 선택이 아닌 필수임을 일찍부터 알게 되리라 믿는다.

풀 한 포기도 생명이 다하기 전에 씨를 퍼뜨리려고 안간힘을 다쓰고, 행여 박토를 만나거나 계절이 맞지 않으면 본래보다 일찍 꽃을 피워서 씨를 맺고 일찍 죽어 가는 걸 본다. 하물며 사람은 그 자신이 받은 생명의 소중함을 후대에 남기는 일에 풀 한 포기보다 못 해서야 되겠는가? 내일 당장 자치활동 시간에는 전교생을 모아 놓고 '생일을 맞이하는 방법'을 가르치는 실습을 해야겠다. 좋은 생각은 미루지 말고 행동으로 옮기는 게 선생인 내가 해야 할 숙제임을!

팔베개 사랑

작년 연말에 내 앞으로 반가운 카드가 날아들었다.

 '항상 제 마음에 사랑과 즐거움을 안겨 주신 은사님께 감사드리며, 연락 자주 드리지 못한 것이 죄송합니다. 항상 초등학교 시절을 생각하며 따뜻하고 성실하게 살아가렵니다.

제자 영철 올림'

 1983년에 남도의 끝자락 고흥에서 6학년을 가르치던 때 만난 제자이다. 이젠 병역의무를 다 마치고 대학까지 마친 후 한국통신에 취직해서 서울 생활을 하는 건실한 청년이 된 제자. 그 아이와의 첫 만남은 지금도 선명하게 기억된다. 아이들과 처음 만나는 날, 서로를 소개하고 1년을 시작하는 소망을 이야기 한 후 교실을 정리해야겠기에 나는 이렇게 물었다.

 "오늘 선생님이랑 같이 교실 정리할 사람?" 이런 경우 선뜻 손을 들어 자원하지 못하는 게 시골 아이들이다. 마음이 있어도 수

줍어서 망설일 뿐이다.

"선생님, 제가 도와 드릴 게요."

"참 고맙구나. 이름이 뭐지?"

"예, 김영철이라고 합니다."

자신의 이름을 또박또박 말하던 어린 영철이의 모습이 눈에 선하다. 1983년 그해에 내가 가장 먼저 이름을 외운 아이. 영철이는 첫날의 기대처럼 매사에 적극적이고 긍정적인 모습을 보여 주었다. 15년이 지난 지금도 영철이의 전화를 받거나 방문을 받으면 그때의 추억을 떠올리며 즐거워한다. 영철이가 주번이 되면 창문의 고리를 빠짐없이 채워서 학교의 문단속이 가장 잘 되었었다. 늘 성실하고 열심히 공부하던 영철이는 전교 어린이회장으로서도 신망을 받을 만큼 모범생이었다.

나는 그때 결혼한 지 얼마 되지 않았으나 남편의 근무지가 멀어서 고흥에서 자취를 하고 있었다. 동네에 방을 얻어 시작한 작은 살림살이. 당연히 내 방은 아이들의 아지트가 되었고, 멀리 사는 영철이에게도 예외는 아니었다. 우린 학급 이야기, 독서하기, 밤 늦게 라면 끓여 먹기 등으로 시간 가는 줄을 몰랐다. 내 좁은 방에서는 밤늦도록 이야기가 새어 나왔다.

가을이면 홍시를 가져오고 밤을 주워 오던 '이삐' 라는 애칭의 창근이, 항상 언니, 누나처럼 공부 잘하고 의젓한 경숙이, 키 크고 미남인 병대, 다부지게 일 잘하고 항상 웃던 병우는 단골손님이었다. 내 방에 오는 날이 많다고 영철이 엄마가 쌀과 김치를 담가 오셨던 일까지 있었으니 아이들과 나는 똑같이 어렸던 것일까?

이들에게 팔베개를 해 주고 한 이불 속에 발을 넣고 장난치던 그때가 아련한 추억이 되었다. 아이들과 함께 사는 날이 많아서였는지 우리 반은 말썽을 피우는 아이들이 없었다. 같이 밥을 먹고 이야기를 나누고 책을 읽다 보면 아이들의 고민은 눈 녹듯이 사라졌고, 고민이 있다 하더라도 슬기롭게 이겨 내곤 했다.

나는 지금도 아이들의 문제를 해결하는 가장 좋은 길은 같이 사는 거라고 믿고 있다. 열린 가슴으로 대화하는 것이 최상이다. 그때 나는 참으로 행복한 교사였다. 겨울방학이라 멀리 떨어져 집에 돌아와 있으면 아이들은 몇 통씩의 편지를 보내 왔다. 이젠 그들 모두 다 청년이 되었고, 아이를 가진 가장도 생겼다.

나는 지금도 그때를 소녀처럼 그리워한다. 가끔은 내 사랑이 줄어들어 아이들과 피상적으로 만나는 건 아닌지 자책한다. 살림하는 아내와 어머니로서 제자들과 한솥밥을 먹는 일이 거의 없어진 지금, 아이들은 선생님의 눈길만큼, 손길만큼 자란다는 신념에는 변함이 없다.

요즘은 신문이나 텔레비전을 켜기가 두렵다. 변해 가는 세상인심 속에 교직 생활이 결코 보람만으로 살 수 없어진 현실이 마음 아프지만, 해맑은 아이들의 눈빛을 보면 온갖 시름이 사라지기에 용기를 내어 아이들을 사랑하는 일을 멈추지 않으리라.

행복한 선생

"선생님! 저, 병우입니다. 며칠 뒤 아프리카 케냐로 떠나는데 가기 전에 잠시 뵙고 싶습니다."

"아니, 장가 안 가고 외국 나가니? 나는 괜찮으니 부모님께 얼른 가거라. 힘들 텐데 내겐 다음에 애인이랑 같이 와."

"이번에 나가면 시간이 걸릴 것 같습니다. 집에 가기 전에 꼭 뵙고 싶습니다."

오늘 아침, 19년 전 제자인 병우의 전화를 받고 부랴부랴 목욕탕을 다녀오고(더 젊어 보이려고) 집 안을 정리했다. 1983년 고흥에서 6학년 2학기 반장을 지낸 병우는 자그마한 키에 일도 잘하고 손재주가 있어서 부자가 될 거라고 했었는데, 자신의 길도 역시 잘 개척해 나가고 있었다.

따끈한 밥이라도 먹이고 싶어서 오랜만에 누룽지가 생기는 냄비에 밥을 안치고 간단한 식사 준비를 했다. 서른두 살의 병우는 이젠 사회인이 다 되어 있었다. 같이 식사를 하고 이런저런 이야기를 나눠 보니 삶의 지혜를 다 갖춘 건실한 청년이 아닌가? 이미 결혼 준비까지 마치고 재도약을 위해 해외에 나간다는 다부진 각오를 들으니 자랑스럽기만 했다. 하룻밤 재우지도 못하고 고향에 가는 모습이 안쓰러워 배웅을 하러 나가니 녀석이 다짜고짜 선물을 안긴다.

"선생님, 이 소뼈 고아 드실 때마다 제 생각하십시오. 내일 전화 드리겠습니다. 건강하십시오."

떠나는 뒷모습을 보며 좀 더 맛있는 것을 해 먹이지 못한 미안함이 일렁였다. 부디 먼 타국에서 건강하기를 빌었다.

제자들이 살아가는 모습을 볼 때마다 내 배 아파 낳은 아이들은 아니지만 애잔한 생각이 든다. 손끝이 다 닳도록 부지런히 사업에 매달려 살아온 그 젊음 앞에 부디 행운이 있기를! 돌아오는 날까지 부디 건강하기를!

우리가 언제 헤어졌나요?

그리움을 담아 보냅니다. 고로쇠에 전해 온 사랑

"○○십니까? 택배회사입니다. 금방 갑니다."

토요 휴업일로 집에 올라와서 쉬고 있는 오후, 단잠을 깨우는 목소리에 피곤함도 잊고 갸우뚱했습니다. 이 시간에 내게 올 물건이 무엇인지 궁금했습니다. 문인단체의 문예지나 출간 서적이라면 택배로 올 리는 없기에 물건이 오는 동안 호기심 많은 아이들처럼 손꼽아 기다렸지요.

얼마 뒤에 우리 집에 들어온 손님은 3년 동안 내 마음을 담고 살았던, 내게는 고향 같은 연곡분교 학부형님이 보내신 고로쇠였습니다. 세상에나! 떠난 담임선생님에게, 그것도 택배로 보내는 정성 앞에서 나는 그만 눈시울까지 붉혔습니다. 저 물을 만드느라 추운 겨울에도 나무는 쉬지 않고 일을 했을 것이고, 시린 손을 불어 가며 험한 산을 오르내렸을 학부모님의 노고를 생각하니 단순한 선물이 아님을!

유난히 정이 많았던 연곡분교의 모든 아이들이었습니다. 내 반이었던 1, 2학년 다섯 명 중에 2학년 하나였던 정나라 양은 특별히 사랑이 많은 아이였습니다. 저학년을 처음 담임하며 아이들이 그렇게 사랑스럽다는 것을 깨우쳐 준 아이였습니다. 늘 공주 그림을 그려서 내게 내미는 아이, 하트 모양의 색종이에 사랑한다고 써서 내 바이올린 틈바구니에 몰래 넣어 놓고 집에 가곤 했던 소녀였습니다.

이제 보니 그 아이가 그렇게 사랑이 많은 것은 그 부모를 닮은 모양입니다.

"나라 엄마는 어떻게 떠난 사람에게 이렇게 마음을 전하세요?"

했더니,

"우리가 언제 헤어졌던 가요?"

하시며 내 말문을 막으셨습니다. 그 학교를 떠나며 나는 아직도 뒤돌아보며 정리하지 못한 그리움을 삭히느라 이렇게 힘들어했는데 알고 보니 그리움은 정리한다고 되는 게 아니었나 봅니다. 눈앞에서만 사라졌을 뿐, 마음속에 남겨둔 정과 사랑은 하나도 변하지 않는다는 것을!

귀여운 그 녀석이 아직도 선생님이 떠날 때 송별회를 못해 준 것을 미안해하며 들먹인다는 말을 들으니 내 가슴이 먹먹해졌습니다. 모든 선생님이 한꺼번에 떠나니 송별회를 하면 눈물바다를 이루어 아이들을 울게 할까봐 못하게 말린 일을 아직도 잊지 못하는 사랑이 많은 아이들이 못 견디게 그리워졌습니다.

1년 동안 교실을 지켜준 사랑이 담긴 꽃바구니를 떠나올 때 꼭 실어야 한다고 부탁했는데 다른 이삿짐에 밀려 챙기지 못하고 교실에 두고 온 것을 미안해했는데, 아니나 다를까 왜 안 가져 가셨는지 섭섭해한다는 나라의 말을 전해 들으니 아이 맘을 헤아리지 못한 내 실수가 부끄러워졌습니다.

'나라야, 그 꽃바구니는 이제 내 마음속에 남아 있으니 영원히 없어지지 않는단다. 부디 곱게 바르게 자라서 선생님이 되겠다던 그 약속을 이루어 주길 바란다. 몸으로 껴안아주지는 못하지만 마음으로 안아줄게. 사랑해!

그리움을 담아 보낸 고로쇠 수액 한 모금마다 지리산 피아골에 사는 정이 많은 학부모님의 애정도 함께 마시겠습니다. 그리고 더 많은 그리움을 만들어 내는 시간을 잉태하렵니다. 나라 엄마! 맞아요. 우리는 헤어진 적이 없습니다. 지상에서 만든 인연이 끝나는 법은 없으니까요.

교직에 입문하는 제자에게

"선생님, 잘 지내셨어요? 저, 은주입니다."
"그래, 요즈음 소식이 뜸하더니 잘 지내니?"
"예, 이번 교원임용고시에 합격하고 지금 연수 중입니다."
"그러니? 참 잘했구나. 축하한다. 그러고 보니 제자 중에서 네가 제1호구나. 초등선생님으로는 말이다."

전교생 94명이던 작은 학교에서 6학년 제자였던 아이가 벌써 발령을 눈앞에 두고 있으니 시간이 화살 같다는 생각이 들었습니다. 어려운 형편에도 늘 욕심도 많고 자신을 다잡아 주는 충고를 기꺼이 받아들이던 제자였습니다. 21명을 졸업시켰는데 많은 아이들이 4년제 대학을 갈 만큼 열심히 사는 제자들입니다. 졸업을 시킬 때, 1년에 두 번씩 동창회를 할 수 있도록 모임을 만들어 주었는데 10년째 모임을 이끌고 있는 것을 보면 내 마음도 흐뭇합니다. 모임에 나오라고 조르는 전화를 건 제자의 칭얼거림에 행복함을 감출 수 없었습니다.

졸업한 시골 학교가 이제는 폐교의 길을 걷고 있지만 제자들과 끈끈한 인연으로 맺어져 있고 졸업생들끼리도 정기적으로 만나서 서로의 우정과 사랑을 이어가고 있으니, 모교는 가슴속에 살아남아 언제든지 아이들을 하나로 만들어 주리라 믿습니다.

"은주야, 이젠 김 선생님이라고 불러야겠구나. 그렇지?"

"아니, 선생님도 참. 저는 영원한 선생님의 제자일 뿐입니다. 선생님의 교단 제자 1호라는 게 자랑스럽습니다."

은주는 초등학교 졸업을 한 뒤 중학생 때에도 고등학생 때에도 전화를 가장 많이 하는 제자였습니다. 전화를 걸었다 하면 30분은 기본일 정도로 시시콜콜한 이야기까지 내게 쏟아놓으며 어리광을 부리곤 했습니다.

전화를 받을 때마다,

"은주야, 일기는 쓰고 있지? 좋은 책도 많이 읽고 있지?"

"아이고 선생님도 참. 고등학생이 언제 일기를 쓰고 차분히 책을 읽습니까? 학과 공부도 바쁜데요."

"논술 포기할 거면 일기도 쓰지 말고 책 읽는 것도 포기하렴."

"옛! 즉시 실시하겠습니다. 선생님 목소리 좀 들으려고 전화 드리면 이렇게 변함없이 잔소리시리즈 멘트를 똑같이 하시네요. 6년 동안 변함없이 말입니다."

때로는 교육대학에 간 것을 후회하며 본인이 원했던 수학 선생님의 길이 아니라며 다시 공부하고 싶다고 떼를 쓰는 전화를 받는 날은 귓바퀴가 뜨거울 정도로 오랜 시간 전화로 상담을 청하던 제자가 이제 무사히 자신의 길을 찾아가는 모습이 대견합니다. 졸업한 지 10년 동안 잊지 않고 찾아주는 모습만으로도 기특한데 자기들 모임에 꼭 나오라고 날을 받자고 조르니 육신으로 낳은 자식은 아니지만 마음속에는 자식과 다름없습니다.

군대에 간 제자들이 돌아오고 시집 장가를 간다고 앞으로도 줄기차게 찾을 걸 생각하니 이런 맛에 6학년 담임에 중독되었는지도 모릅니다. 이제는 서슴없이 이성 문제까지 내놓고 인생 상담까지 들어주는 이 자리가 새삼스럽게 소중해집니다. 졸업하자마자 발령을 받지 말고 좀 쉬었다 나가면 좋겠다고 했더니 집안 살림을 거들어야 한다며 발령이 안 나면 아르바이트나 기간제 교사 자리라도 찾아서 동생의 학비를 보태야 한다는 예쁜 마음에 다시 감동을 합니다. 교직에 나가면 동생의 대학 학비는 자신이 대주겠다는 기특한 제자의 다짐을 들으니 이제는 내가 충고해 줄 일이 드물 것 같아 서운함마저 느꼈습니다.

광주에서 근무하게 될 제자가 도시 아이들을 맡아 마음고생을 하거나 상처를 받을 때에나 선배로서 조언이 필요할지 모르지만, 요즈음 젊은이들은 지혜롭고 배우기를 좋아해서 뭐든 잘 헤쳐나가리라 확신합니다. 이제는 제자가 아닌 같은 길을 가는 동료로서 어깨를 나란히 하게 되었으니 제가 더 긴장을 해야 할 것 같습니다.

6학년을 가르칠 때, '선생님 하시는 것을 보면 나중에 저는 절대로 선생님 하고 싶지 않아요. 제자들 때문에 너무 고생하시는 것 같고 상처도 많이 받는 것 같아서 하고 싶지 않아요' 라고 말했던 녀석이 그 길을 따라오는 것을 보며 그래도 이 길만큼 보람된 일도 흔하지 않음을 말해 주고 싶습니다.

"은주야! 교직의 매력은 무엇보다도 가르치는 동안 나 스스로 배우는 일이 많아서 늘 깨우치게 된다는 점이고 사람의 마음을 움직여서 바람직한 방향으로 자리 잡게 하는 기쁨을 안겨준다. 세상의 모든 직업이 다 귀하지만 평생 책을 볼 수 있는 축복, 바른 길을 걷게 하려면 스스로 바르게 걸어야 하는 어려운 자리이면서도 청출어람의 기쁨은 무엇과도 바꿀 수 없단다. 요즈음 세태가 경제적으로 가장 안정적이니 교직을 선호한다고 하지만 그것은 부차적인 목적이어야 한다고 생각한다. 연수를 받는 동안 품었던 처음 마음을 잘 기록해 두고 힘들 때마다 자신을 일깨우도록 하기 바란다. 은주야! 너는 항상 내 기쁨인 걸 아니? 부모의 일을 물려받는 자식이 대견하고 고맙듯이 내 길을 따라오는 네 모습도 늘 자랑이란다. 네가 발령을 받는 날, 만나서 축배를 들자꾸나."

동그라미 선생님

"세준아, 너는 동그라미 몇 개야?"

"응, 다섯 개, 신원이 너는?"

"나도 다섯 개야, 야, 신난다! 나는 오늘도 동그라미 다섯 개야."

"숙제 점수는 몇 개야?"

아침 독서 시간이 끝나면 숙제와 준비물을 자랑하려고 내 앞으로 줄을 서서 몰려드는 아이들의 재잘거림입니다. 공책 한 권을 한 장도 빠뜨리지 않고 다 쓰면 동그라미 5개, 실내화를 깨끗이 빨아 와도 5개, 점심을 잘 먹어도 5개. 수학 공부에도, 받아쓰기 공부에도 어디에나 동그라미 점수가 주어지는 교실 풍경이다 보니 소풍날 아침에도 숙제를 가져오는 아이, 운동회 날 아침에도 동그라미를 달라며 조르는 아이들 때문에 행복한 웃음을 날리곤 하지요.

우리 1학년 아이들은 칭찬을 받으러 학교에 오는 것 같은 착각을 할 때가 있습니다. 날마다 공부거리나 착한 행동에 동그라미를 받은 개수를 모아서 선물을 받거나 모둠장이 되기도 하고 착한 어린이 후보가 되기도 하니 아이들은 선의의 경쟁으로 늘 떠들썩하지요. 그림을 그려도 꼼꼼하게 잘 그린 그림이나 좋은 아이디어에 동그라미가 더 많고 발표 내용에 따라, 공부하는 태도에 따라 받는 보상이 다르므로 긍정적인 방향으로 성장하는 모습이 역력합니다.

어쩌다 숙제를 한 가지도 못해 온 아이들은 자기 스스로 교실 앞에 나와서 벌칙을 받는다며 손을 들고 서 있곤 합니다. 그럴 때에도 일괄적으로 벌칙을 주기보다는 평소에 성실하게 잘 해온 아이들은 고의가 아님을 아이들과 나에게 인정받으면 봐주기도 합니다. 자로 잰 듯한 엄격함은 아이들의 인성 발달에 도움을 주지 못하고 교육적이지도 못하기 때문입니다.

아이들을 성장시키는 것은 엄한 꾸지람보다 근거 있는 칭찬이며, 래포가 형성되지 않았다면 더 더욱 꾸지람하는 방법을 고민해야 합니다. 특히 저학년일수록 칭찬화법이 교육적이라는 걸 경험으로 알게 되었습니다. 어른들도 꾸지람을 일삼는 상사에게는 인정을 느끼지 못하니까요.

사람들은 어떤 사람의 인상을 평가할 때 대개 긍정적으로 평가한다고 합니다. 이왕이면 긍정적으로 사람을 평가하려는 이런 경향을 '인물 긍정성 편향' 또는 미국의 한 유명 동화에 나오는 낙천적이고 긍정적인 성격의 여주인공의 이름을 따서 '폴리아나 효과' (Pollyana Effect)라고 합니다.

2학기에는 '폴리아나 효과' 를 더 많이 활용하여 동그라미 선생님이 되고 싶습니다. 아이들의 가능성을 찾을 때마다 망설이지 말고 동그라미를 주는 선생님, 자신에 대한 자부심과 자신감으로 기름진 땅이 되어 인생의 병충해에도 끄떡없이 이겨낼 수 있었으면 합니다.

땡볕 아래에서 자란 벼가 튼실한 알곡을 맺고, 땀을 흠뻑 흘리며 일하는 사람이 더 건강해서 냉방병도 없다고 합니다. 칭찬이라는 밑거름과 꾸지람이라는 가위질에 민감하게 반응해야 보기 좋은 나무가 되는 것처럼, 우리 아이들도 그렇게 키우고 싶습니다.

혹시 여름방학 동안 너무 웃자라서 잎사귀만 무성해진 아이들이라면 9월 초부터 가위질이 필요할 지도 모릅니다. 그렇다고 하더라도 1학기 100여 일 동안 동그라미 칭찬으로 밑거름이 다져진 아이들이니 나의 가위질을 잘 견뎌 내리라 확신합니다.

아무래도 긴 방학 동안 기본생활 습관이 흐트러져 있을 아이들이지만 짧은 시간 내에 학교생활에 잘 적응하게 하려면, 학교란 행복한 곳, 공부하는 것이 즐거운 것이라는 긍정적인 생각이 무의식에 자리 잡도록 나부터 '폴리아나 효과'로 무장해야겠습니다.

아이들의 즐거운 재잘거림이 귓가에 맴돕니다.

매미 소리를 들으며 훌쩍 자랐을 아이들의 까만 눈동자에 풍덩 빠져서 행복한 웃음을 날릴 생각을 하니 미리부터 행복해집니다.

귀여운 돼지 두 마리

 우리 반 멋쟁이 수진이, 턱 받치고 앉아 짝과 몰래 떠드는 장난 꾸러기 명훈이, 여자 아이처럼 소곤대기 좋아하는 병훈이, 소리 지르기 대장 은혜가 모인 수진이 모둠은 늘 내 신경을 건드리곤 한다. 오늘도 예외 없이 수업 시간마다 내 시선을 잡아 두는 녀석 들. 감각적이고 재미있는 공부가 아니면 금방 싫증을 내고 딴청 부리는 아이들이 이해되지 않는 것은 아니지만, 다잡아 주지 않 으면 학습 분위기가 흐려지곤 한다. 어쩌면 아이들과 나는 날마 다 숨바꼭질을 하고 사는지도 모른다. 선생님 몰래 소곤대는 재 미, 짝꿍이랑 주고받는 쪽지의 쏠쏠한 즐거움을 모르는 바는 아 니지만….

 며칠 뒤에 치르게 될 우리 반의 수업 공개 때문에 마음이 바쁜 데 녀석들은 남의 동네 이야기로 들리는 모양인지 예습 과제에도 시큰둥, 발표 자세에도 성의가 없는 게 아닌가? 아무래도 행사가 필요했다. 떠들면 모둠 점수를 깎는다 해도 잠시뿐, 꿀밤을 맞아 도 돌아서면 그 모습. 아이고, 이 노릇을 어쩐다. 생각다 못해 즉

석으로 고사를 지내기로 했다. 충격적인 방법을 쓰면 좀 나아지지 않을까 해서.

"수진이네 모둠은 떠들지 않게 고사를 지내야겠다."

"예?"

"고사엔 뭐가 제일 필요하지? 돼지 머리 아니니? 네 명 중에서 두 사람이 그 역을 맡고, 두 사람은 절을 하면 되겠어. 돼지 콧구멍에 쑤셔 넣을 돈이 필요한데, 동전은 위험하고….."

"예, 선생님. 여기 돈 있어요."

영리하고 동작 빠른 연웅이가 어느새 종이 돈을 가지고 나온다. 그래도 남자라고 병훈이와 명훈이가 임시 돼지가 되었는데, 좀처럼 콧구멍에다 돈을 끼울 생각을 안 한다. 벌점을 깎는다는 말에 다급해진 수진이와 은혜가 두 녀석의 코 대신 귓구멍에 종이 돈을 끼우고선 넙죽 절을 한다.

그 녀석들이 뭐라고 빌었을까? 떠들지 않는 모둠이 되게 해 달라고 빌라고 했는데…. 아이들은 즐겁게 공부한 시간보다 자그마한 이벤트(?)를 먼 후일까지 기억하곤 한다. 선생님이 얼마나 참으면서 '사랑의 매'를 남발하지 않으려고 궁여지책을 쓰는지 알아주면 좋으련만. 아이들의 마음에 상처를 주지 않으면서 부끄러움을 느껴 공동생활의 태도를 익히도록 하는 게 공부를 가르치는 일보다 힘든 교실. 거창하게 교실의 위기라고 몰아붙이고 싶지는 않다. 아이들은 늘 아이들일 뿐이다. 그들은 여전히 착하고 단순하다. 다만 본을 보여 줄 부모와 어른들이 바빠서가 아닐까? 쉽게 포기하는 내 탓은 아닐까? 67일째에 올린 우리 반의 고사(?) 덕분에 이번 수업 공개는 잘될 것 같은 예감이 든다.

주인과 나그네

아이들아, 내 쉼터에서 행복하렴

오늘은 개교기념일입니다.

아이들이 오지 않는 날이니 다른 날보다 느긋한 마음으로 출근을 하니, 비로소 보이는 풍경이 내 발길을 잡아끌었습니다. 강진읍에서 마량으로 향하는 길은 바다를 배경으로 핀 벚꽃이 팝콘 터지듯 와르르 몰려 나왔습니다.

어렵게 보낸 3월, 이제야 꽃들이 거기 있었다는 사실을 깨달으니 감동 없이 바쁘게 보내버린 시간이 보였습니다. 낯설음을 적응으로 바꿔가는 내 몸부림만큼 힘들었을 아이들이 벚꽃 속에서 웃으며 달려옵니다.

그림마다 '선생님 사랑해요'를 써주던 고은이는 내게서 엄마의 체취를 그리는지, 늘 내 곁을 맴돌며 서성거렸습니다. 국어 시간에 장래 희망을 발표할 때에도 '좋은 엄마'가 꿈이라는 아이의 말에 나도 모르게 안아주고 말았습니다.

'선생님, 우리 엄마는 가방을 싸 가지고 나가 버렸어요. 나도 가방 싸 가지고 나갈래요'를 아무렇지 않게 말하는 그 아이에게,

'안 돼! 너는 좋은 엄마가 될 수 있어!'라고 답해 준 적이 있었는데 그 아이가 그걸 잊어버리지 않고 있다는 사실이 참 고마워서 나도 모르게 안아준 것입니다.

한창 엄마 사랑이 절실한 1학년 아이에게 어머니는 세상의 모든 것임을 생각하며 그 아이에게서 내 유년을 다시 봅니다. 새어머니를 엄마라 부르는 데 익숙하지 못했던 나는 초등학교 6년 내내 손을 들고 발표할 엄두조차 내지 못할 만큼 자신감이 없는 아이였으니까요.

아이는 어머니의 그늘만큼, 어버이의 눈길만큼 자란다는 사실을 상기한다면 우리 고은이가 보여주는 불안정한 생활 모습은 결코 그 아이 탓이 아닙니다. 자기 물건에 애정을 갖지 못하고 함부로 하는 행동, 친구들과 자주 다투고 금세 울어 버리는 일, 글씨를 아무렇게나 쓰는 일까지도 모성 결핍에서 오는 행동이라고 생각합니다.

울 때마다 관심을 보이기보다는 바람직한 행동에 칭찬으로 반응해 주며 관심을 표현했더니 울다가도 내가 아무런 반응을 보이지 않으니 차츰 우는 행동을 줄이는 영리한 녀석입니다. 엄마 역할을 대신할 수는 없지만 그 아이가 세상을 보는 안경이 밝은 색이기를 소망하며 조금씩 마음을 다잡아 주는 일을 하고 싶을 뿐입니다.

상처를 간직한 아이들의 행동을 유심히 바라보면 과도하게 예민한 아이이거나 꼭꼭 숨기고 혼자 아파하거나 관심을 끌기 위한 행동의 폭이 유별납니다. 또는, 아이답지 않게 체념하는 말투를 보이기도 합니다. 심한 욕설조차 아무렇지 않게 내뱉기도 합니다.

먹을 것이 부족하지 않은 세상이지만 사랑에 굶주린 아이들은 가난했던 시절보다 상상 이상으로 많다는 사실에 놀랍니다. 과격한 아이들은 그 방법만이 자신을 지킬 수 있다는 사실을 깨달은 탓입니다. 과격한 언어 사용이나 일탈 행동 뒤에 숨겨진, 사랑을 갈구하는 애정의 욕구가 그만큼 크다는 표현임을 아는 데 한 달을 보내고 말았습니다.

'애들아, 내일은 학교 생일이라 학교에 오지 않고 쉬면서 학교를 위해 무엇을 할까 생각해 보는 날이야' 했더니 내 말이 채 끝나기도 전에 교실 위를 보고 활짝 웃으며, '학교야, 축하해!' 를 금방 날리던 하늘이처럼 우리 아이들이 모두 그렇게 밝고 맑은 아이들이라고 믿습니다.

공부 시간에 천방지축 종이비행기를 날리는 아이들을 말리다 못해 손 길이만한 막대기로 겁을 준다며 엉덩이를 작게 때린다는 것이 잘못되어 손가락을 맞은 강이에게 아프게 해서 미안하고 사과했더니, 밖에 나가지 않고 나를 위해 그림을 그려주던 아이에게 한참이나 미안했던 어제였습니다.

교직 경력이 결코 짧지 않은 데도 불구하고 아직도 자기감정을 삭히지 못하고 때릴 곳도 없는 그 작은 아이의 연약한 손가락을 아프게 한 못난 내 모습이 한없이 부끄러웠습니다.

아직도 내 마음 안에 아이들을 다 끌어안지 못해서 나오는 내 행동을 '사랑의 매' 라고 할 수 없음을 나 자신이 먼저 알고 있기 때문입니다. 학교 폭력의 시작이 바로 내 손에서 시작되는 악순환의 고리임을!

아직도 아이들 위에 군림하고 있는 내 모습이 부끄럽습니다.

아이들은 바닷가 정자에 잠시 앉았다 가는 나그네이기도 하고 나의 주인이기도 합니다. 나는 늘 그들이 편히 앉아 쉴 수 있도록, 마음 놓고 시간을 보낼 수 있도록 깔끔하게 단장해야 함을 생

각합니다. 그것이 그들과 맺은 무언의 약속이며 천명이기 때문
입니다.

그리운 명(明) 트리오

　몇 년 전 담양읍에서 6학년을 담임할 때의 일이다. 서른 명이 넘는 우리 반 아이들은 한 달이 멀다 하고 자잘한 말썽을 부려서 내 속을 뒤집어 놓곤 했다. 오죽하면 담임한 지 100일이 되던 날에는 약식으로 고사(?)까지 지내며 무사고를 빌었으니까.

　그 덕분인지 여름방학 동안 아이들은 별 탈 없이 지내 주었다. 하지만 그 효력도 잠시. 2학기가 시작되고 9월을 거의 보낸 어느 날 아침. 학년 회의로 2, 3분 동안 자리를 비운 사이에 일은 벌어지고 말았다. 3층 우리 교실 통로 쪽에 걸린 대형 거울이 박살이 난 것이다. 먼저 다친 아이가 없는지 확인하고 가슴을 쓸어내렸다. 사고를 낸 자초지종을 물으니 대답이 가관이었다. 복도에 나와서 내가 오나 망을 보던 녀석들이 거울 앞에서 태권도 시범을 보이다 일을 저질렀다는 것이다. 더욱 재미있는 것은 등장인물들의 이름 가운데 똑같이 '밝을 명(明)' 자가 들었으니 훤한 거울 앞에서 기가 발동했던 모양. 우리 반의 수재로서 한 덩치 하는 강명성, 오락 게임의 귀재 유명관, 사나이다운 서명진이 아닌가?

아이들이 다치지 않은 것이 확인되자 확실한 책임 소재를 밝히기 위한 현장검증(?)에 들어갔다. 전체 아이들 앞에서 당시 상황을 재현하라고 했더니 망설임도 없이 복습하는 철없는 녀석들을 보며 아이들이 킥킥대며 웃기 시작했다. 저학년도 아닌 6학년이기에 따끔하게, 그러면서도 평생의 추억거리로 만들어 주고 싶었다.

그래서 내가 내린 판결은 수학 시간에 배운 대로 주연, 조연, 관객의 비율이 7 : 2 : 1이 되게 비례 배분한 것. 거울 앞에서 멋지게 폼을 잡고 이단 옆차기를 보인 명관이가 주연, 그걸 따라서 한 명진이가 조연, 다리 한 번 올려 보지 못하고 만 원을 물어 낸 명성이는 억울해하면서도 학급 대표로서 방관한 책임을 졌다. 명관이 부모님도 평소에 부잡한 아들 녀석의 버릇을 고쳐야 한다며 거울 값을 보내 주셨다. 예방 지도를 못한 내 잘못이 더 컸지만, 그렇게 수습하고서도 나는 늘 미안했다.

작년 여름에 몇몇 아이들이 집에 와서 놀다 가면서 '명 트리오' 사건으로 한바탕 웃었다. 속 타던 안타까움도, 아이들에게 미안했던 일들도 시간 속에 묻혀 이젠 그리움이 되었다. 아이들아, 부디 건강하고 착하게 자라라.

다섯 번째 주례

　결혼 생활 21년이 넘은 나에게는 최근 들어 새로운 버릇이 하나 생겼다. 결혼식 초대장이 올 때마다 주례사를 끝까지 듣는 버릇이 생긴 것이다. 사람으로 태어나 제2의 인생을 시작하는 결혼의 의미는 참으로 신성하고 책임감이 앞서야 한다고 생각되기 때문이다. 그런데 결혼식장의 풍경을 보면 주례사를 꼬박꼬박 듣는 사람이 별로 없어 보인다. 들떠서 떠들고 소란스럽다. 주례사는 결혼식의 당사자를 위한 말이기도 하지만, 그 자리에 참석한 모든 사람들이 같이 새겨듣고 반성하며 깊이 생각하는 기회로 삼아야 한다는 게 내 생각이다.

　본의 아니게 제자의 주례를 서기 시작한 것이 어느새 다섯 번째를 맞이한다. 이번 주 일요일(4월 20일)에 초임 때 가르친 제자의 주례를 맡고 보니 횟수가 거듭될수록 자신감보다는 기도가 앞선다. 여선생이 단 위에 오르면 하객들은 신기함에 떠들지 않고 경청하곤 했다. 떠들 경우 "수업 태도가 좋지 않으시군요. 처음부터 다시 시작할까요?"라고 유머러스한 멘트를 던지면 까르르 웃으며 조용해지는 식장의 분위기. 아무리 좋은 주례 말씀도 길면 재미없어진다. 수업 시간이 긴 것을 좋아하는 제자가 없듯이.

나는 5분을 넘기지 않으려고 노력하는 편이다. 바쁜 시간 쪼개어 나온 하객들이 한가한 사람들이 아닐 뿐만 아니라 주례사를 들으러 오는 것도, 주례 서는 사람이 주인공도 아니기 때문이다. 긴장하고 서 있는 신랑과 신부가 주례사를 다 듣는 것도 무리이다. 그러니 성혼선언문에 내 서명을 한 후 미리 준비해 간 예쁜 한지에 주례사를 프린트해서 그들 품에 안겨 주면 된다. 그리고는 속삭인다. 둘이서 부부 싸움 할 때마다 읽으면 복이 절로 들어오는 꾀주머니라고. 내 주례사를 평생 동안 펼쳐 보지 않으며 살 수 있기를 비는 마음이 간절하지만, 혹시라도 올지 모를 불행한 상황을 최대한 막아 주고 싶은 비원을 담은 부적 같은 힘을 발휘하기를 비는 옛 선생의 소망이 담긴 주례사가 되기 위해 나는 긴 시간을 경건하게 지내려고 애쓰곤 했다.

사랑스럽던 꼬맹이 제자가 예쁜 신부를 맞이하며 내 앞에 나란히 서서 세상에서 가장 아름다운 모습으로 눈을 반짝이는 그 아름다운 순간을 가장 가까운 거리에서 보는 그 행복함! 더불어 제자의 옛 친구들까지 같이 만나는 시간이 되니 어느 사이 제자들 사이에는 내가 주례를 서면 친구들이 몰려오니 '일석이조'라는 소문까지 난 모양이다. 20여 년 동안 못 본 친구들까지 한꺼번에 만나는 동창회 장소로 바뀌는 결혼식장의 풍경! 제자들이 불러 줄 때마다 내 삶이 결코 헛된 시간이 아니었음에 감사하고, 다시 먼 길을 갈 수 있는 용기를 얻게 되는 주례의 순간에 나는 시간이 멈추는 환영을 보곤 한다. '청출어람'의 기쁨을 겸허하게 만끽하며 교단을 내려서는 그날까지 아름다운 윤회를 소망하고 싶다.

이번에 장가가는 제자는 4학년과 5학년 공부를 나와 함께 한 청년이다. 가정 방문을 갈 때 (걸어서 두 시간) 다리가 아프다고 내 등에 업혀서 나를 따라다닌 소년이었는데, 소년이 자라서 장가를 가니…. 이제 비로소 내가 늙어 감을 감지하게 되었으니 세월을 느끼지 못하는 불로초는 교실에 있었음을! 지상에서 가장 아름다운 곳이 교실임!

아이들 얼굴이 다 다르듯이 그들에게 맞는 주례사도 다 달라야 하니 늘 다른 원고를 준비하느라 고심하는 나를 보며 남편은 걱정한다.

"지난번 원고에서 이름만 바꾸면 되지 뭘 그렇게 고심하는 거요? 당신, 제자들 주례 선다고 답례조차 거절한다면서 번번이 마음고생 하누?"

남편이 어찌 알까? 자식과 제자는 같은 반열이란 것을! 그들이 잘되기를 비는 마음에는 아무런 계산이 필요 없다는 것을! 부디 행복한 가정을 비는 마음뿐임을! 나는 지금 고민중이다. 우리 점현이 부부에게 어울릴 가장 아름답고 진솔한 주례사의 탄생을 위해 목욕재계부터 해야겠다.

친정 엄마 같은 내 제자

'사랑하는 선생님, 오늘도 웃는 얼굴로 하루를 보내세요.'

이틀이 멀다 하고 연인에게 보내듯 24년 전 선생이었던 내게 들어오는 문자메시지입니다. 방학이지만 학교 문집을 교정하고 문맥을 다듬기 위해 컴퓨터를 들여다 보느라 아침부터 바쁩니다.

1년에 한 번 학년 말에 내는 문집인데, 학교 신문을 내는 데 드는 경비를 줄여서 아이들 글 한 편이라도 더 싣자며 고집을 부린 내 청을 받아주신 교장 선생님 덕분에 이 고생을 하는 중이랍니다. 학기말 성적처리와 전산 입력 작업으로 바쁜 선생님들께도 전교생 글을 모으느라 참 미안했지요. 학교에서 발행하는 신문은 그 고생과 경비에 비해 효율성이 떨어진다는 생각이 들곤 했습니다. 차라리 신문을 간단히 내고 그 경비를 아껴서 1, 2학기 학교 문집을 내어 책으로 만들어 주면 더 오래도록 간직할 거라는 욕심을 내고 보니 방학이 되었어도 일감이 남아 있어 마음이 편하지 않습니다.

특히 우리 1학년 꼬마들이 문제입니다. 긴 글을 쓰는 공부에 부담을 느끼지 않는 아이들은 몇 명이 되지 않으니 그림이라도 넣어 주려고 방학 전날까지 그림을 그리게 하느라고 아이들을 귀찮게 했습니다. 일감이 많으신 교무부장님은 연수를 받으시면서 틈틈이 아이들이 써낸 글을 손보느라 또 얼마나 고생하실지 참 미안합니다.

나도 10일짜리 연수에 들어가기 전에 문집을 마무리하여 출판사로 넘겨야 2학기 시작과 함께 책으로 나오는 점을 감안하면 마음이 바쁩니다. 어른들이 보기에는 글의 내용이 양이 차지 않아도 아이들에게는 상상 이상으로 놀라운 일이, 바로 자신의 글과 그림이 활자화 되는 거랍니다. 그런데 학교 신문에는 학급당 한두 명의 작품만 실리니 아이들의 실망이 크고 제대로 보관도 되지 않습니다. 말 그대로 신문 이상의 효과를 기대할 수 없는 1회용의 학교 신문일뿐이지요.

누가 시켜서 한 일은 아니지만 전교생 120명의 작품이 담임 선생님들의 덕담과 함께 한 권의 책으로 실리는 설렘을 생각하면 무더위에 자판과 씨름하는 내 모습이 결코 한심하게 생각되지 않는답니다. 아이들은 선배와 후배들의 글을 읽으며 학교라는 울타리에서 동질의식을 느끼기도 하고 먼훗일까지 서로를 연결해 주는 고리를 만들기도 합니다.

1학기에는 순수하게 아이들과 선생님들의 원고만 싣고 2학기에는 좀더 화려하게 사진도 넣고 학부모 작품까지 확대하여 좀 거창하게 만들 생각입니다. 할 수만 있으면 기록물을 남기는 게 얼마나 중요한 일인지 어른들과 아이들이 알 수 있었으면 합니다. 나는 가끔 이순신 장군이 '난중일기'를 남기지 않았다면 지금처럼 영원한 민족의 우상이 될 수 있었을까 생각하곤 합니다. 그분이 남긴 위대한 기록물이 아니라면 민족과 나라의 장래를 위해 끝없이 아파한 장군의 인간미를 어디에서 느낄 수 있었겠습니까?

아이들의 글을 멋지게, 길게 고쳐 주고 싶은 충동을 참으며 겨우 교정의 수준에 그치며 아이들의 순수함이 그대로 살아 있는 책을 만들기 위해 130개에 이르는 원고들을 하나하나 읽어가며 모니터를 애인 보듯 들여다 보면서도 제자가 보내오는 문자메시지를 보며 다시 힘을 내곤 합니다.

지난 5월에는 한달 동안 하루도 쉬지 않고 문자메시지를 보내던 6학년 때의 제자, 나경숙! 공부를 참 잘 했던 그녀는 지금 공무원으로 열심히 살면서 가정까지 잘 꾸려가는 억척주부랍니다. 나는 요즈음 잘 기른(?) 제자 하나 덕분에 두 자식 부럽지 않은 행복으로 무더운 여름이 더운 줄 모르고 행복에 젖어 있습니다. 스승의 날에는 비싸서 사 입을 엄두도 내지 못한 유명한 디자이너의 속옷을 몇 벌씩 보내어서 나를 놀라게 했습니다. 나는 그날,

"경숙아, 네가 나의 친정엄마 노릇을 하니? 이렇게 예쁘고 비싼 걸 보내 나를 놀라게 하니?'

'아니에요, 선생님! 24년 동안 찾아뵙지 못한 잘못을 한꺼번에 갚는 거라고 생각하고 받아주세요.'

우리 딸아이가 색깔 별로 곱게 입던 속옷을 보고 내심 부러워 했는데, 이렇게 늙어가는 나이에 24년 제자에게 정 깊은 선물을 받아도 되는 건지 자신을 돌아보았습니다. 5월만 되면 촌지다 뭐다 해서 온통 시끄러운 판국에 내놓고 자랑도 못하고 혼자만 들뜨면서도 아이들에게 더 잘 해야겠다는 다짐까지 하게 만든 제자였습니다.

그뿐이 아닙니다. 7월에는 더위 때문에 입맛이 없을 거라며 갓김치를 보내주어서 아끼는 사람들과 함께 나눠 먹으며 자식 자랑

처럼 제자 자랑을 동네방네 하고 다니기도 했답니다. 아마 그녀는 내게 친정엄마 노릇을 하려고 작정한 게 분명합니다. 저는 4살에 생모와 생이별을 하였고 7살에 새로 모신 어머님은 돌아가신지 오래되었으니 친정엄마를 둔 사람을 가장 부러워하며 살아온 그 허전함에 가끔 눈물을 짓곤 합니다.

이렇게 먼 옛날의 제자에게 사랑받는 즐거움을 떠벌이고 싶었지만 부끄럽다는 제자의 만류에 참고 있었는데, 더 이상 못 참을 것 같습니다. 아니, 이제는 돌아가면서 내 제자들 자랑을 좀 해야겠습니다. 사업 중에 이만한 투자(?)가 어디 있겠습니까? 나는 농담처럼 우리 집 자식들에게, 선생님들에게 말하곤 합니다.

'잘 기른 제자 하나, 두 자식 부럽지 않다' 고 말입니다. 부모가 자식을 길러 덕을 보자는 부모가 없듯이, 선생님도 제자를 가르칠 때 후일에 덕을 보자고 가르치지는 않습니다. 그럼에도 불구하고 그런 마음으로, 내 자식을 염려하는 마음으로 기른다면 요즈음과 같은 교단의 불상사는 줄어들지 않을까 합니다.

이번 여름에는 나를 그처럼 아껴주고 늘 염려해 주는 친정엄마 같은 제자 가족을 초대하여 강진의 싱싱한 생선회에 내 마음도 함께 싸서 한입에 넣어주고 싶습니다. 6학년 때 헤어진 제자를 24년만에 만나는 그 설렘을 생각만 해도 행복합니다.

'여수시청에 근무하는 친정엄마 같은 내 제자, 나경숙 님! 당신을 공개적으로 초대합니다.'

나도 '교포교사' 랍니다

며칠 전 존경하는 선생님이 내게 충고를 하셨습니다.

"장 선생님은 아직 10년 이상 남았으니 섬에 들어가서서 점수를 따서 승진을 하시지 그래요? 충분히 잘 하실 텐데요."

"아닙니다. 이것저것 생각하지 않고 내 힘으로 도전한 전문직 시험에 떨어진 걸 보니 제가 갈 길이 아닌 것 같습니다. 언제든지 아이들이 덜 예뻐 보이거나 교실에 들어가는 게 행복하지 않으면 미련 없이 물러설 생각입니다. 아직도 저는 승진이 매력적으로 보이지 않습니다. 할 수만 있다면 뜻이 같은 선생님들과 작은 학교를 꾸미는 게 소원입니다."

그 분은 세칭, '교포교사' 이십니다. 강직한 성품에 원칙에 충실함은 물론 너무 반듯하셔서 융통성이 없다는 평을 듣기도 하십니다. 딸보다 더 어린 신규 선생님들에게도 깍듯이 존칭을 쓰시고 수업이나 맡은 업무도 깔끔하게 잘 하시고 매사에 봉사적인 태도가 인품으로 다듬어져서 교사의 잣대로서 손색이 없으십니다. 어쩌면 27년 동안 만났던 모든 선생님 중에서 가장 교육자다운 성품을 지닌 분이 아닌가 합니다.

그럼에도 불구하고 언듯언듯 보이는 교직에 대한 회한을 읽을 때마다 전해져 오는 서글픔을 감지하곤 합니다. 오랜 교직 생활에서 묻어나오는 차분하고 조용한 선비 같은 인품이 주는 안정감보다 눈에 보이게 숱이 작은 머릿결은 무명교사로 살아온 아름다운 훈장임에도 불구하고 나이 든 교사로 홀대를 받거나 뒷전에 밀리는 듯한 인상을 받게 하는 교단의 현실은 나를 한숨짓게 하는 근원입니다.

경쟁과 속도의 논리에 밀려 인격이나 성품, 아이들을 사랑하는 진정성보다는 눈에 보이는 실적이나 겉치레 인사로 평가하고 보이지 않는 곳에서 험담하고 매도하는 모습은 세간의 모습과 하나도 다르지 않는 교직 사회의 숨겨진 단면이 보이기 시작했으니, 이제야 세상사는 이치를 터득하는 모양입니다.

어떤 이유에서건 승진의 대열에서 비껴선 선생님들을 바라보는 시선은 교단에서 더욱 차갑지 않은지 되돌아보았으면 합니다. 나 역시 초임 시절부터 교실에서 만나는 아이들에게 모든 소망을 걸었기에 승진 자체에 뜻을 두지 않고 20여 년을 지냈습니다. 오죽하면 승진 점수에 절대적이라는 1급 정교사 연수까지 거절하고(사실은 남매를 기르느라 방학이 너무 소중했던 시기였음) 4년 동안 공부하여 얻은 학사 학위로 1급 정교사 자격증을 획득하면서 아무런 미련을 갖지 않았습니다.

그러다가 몇 년 전 어떤 계기로 후배 선생님에게 뒤통수를 맞아 마음의 상처가 깊어서 무명교사로 살겠노라는 소신을 접고 지난 3년 동안 방학 때마다 전문직(장학사 시험) 도전으로 그 설움과 울분을 달랬습니다. 내가 걸어온 여정으로는 어떤 방법으로도 승진의 기회가 없기에 그러나 나의 도전 의지가 순수하지 못했든지, 내 실력이 부족해서였든지 나는 삼진 아웃과 나이 제한에 걸려 이제는 도전해 볼 기회조차 없습니다.

교실에 들어가면 아직도 나는 1학년 20명의 작은 천사들의 맑은 눈을 들여다보며 가르치는 즐거움과 앎의 눈을 떠가는 귀여운 아이들과 나누는 사랑의 언어에 취하여 살아갑니다. 50이 넘은 나에게 다가와 '선생님이 우리 엄마였으면 좋겠다'는 보아는 나보고 자기 집에 와서 이야기하며 놀자고 합니다. 집에 가서도 선생님이 보고 싶다고 하니 이렇게 행복한 고백을 듣는 설렘을 어디다 비길까요?

'자기 생일에 초대하고 싶으니 꼭 오시라'며 미주알고주알 편지를 써서 내밀며 행복한 웃음을 날리는 민지, 예쁜 공주 그림을 그려 놓고 그게 선생님이라며 내 이름까지 써 주는 은지를 보고 있으면 나는 다시 '젊어지는 샘물'을 마신 듯 아이들처럼 함박웃음을 날리곤 합니다.

나는 1학년 담임이지만 주당 25시간의 수업과 고학년을 위한 계발 활동 지도, 주당 3시간의 방과후학교 지도, 교육혁신 업무와 도서, 홍보 업무 등으로 근무 시간 안에 우리 반 아이들 보충지도 시간도 부족합니다. 아침 8시(사제독서 시간)부터 오후 5시까지 차 마시는 시간을 내기도 바쁠 정도입니다. 더구나 1학년 아이들이라 점심 시간마저 1시간씩 꼬박 식사 지도를 해야 하니 점심마저 편히 먹지 못합니다. 덕분에 20명 모두 날마다 책도 잘 읽고 점심밥도 다 잘 먹지요.

존경하는 선배 선생님께서 내게 진정으로 충고하시며 자신처럼 평교사로 살아가는 일이 얼마나 오만한 결정이었는지, 교단에서 받는 상처와 아픔을 이기기에는 참으로 많은 용기가 필요하고 잠을 못 이루는 시간도 많다는 토로를 하실 때, 나는 미어지는 가

숨을 추스르기 힘들었습니다. 한 가족을 책임진 가장이니 섣불리 퇴직할 수도 없다는 말씀에는 인생의 비애마저 담겨져 있었습니다. 코흘리개 아이들과 살며 반 평생을 살아온 선배 선생님의 회한이 그분이 교직에서 얻은 보람에 비하면 아무 것도 아니기를 비는 마음 간절합니다.

우리 사회가 지혜와 철학이 깃든 인생의 선배를, 소중한 경험들을 인정해 주는 아름다운 대물림이 사회 전반에 뿌리내리기를 빌어봅니다. 무한 경쟁과 속도에 밀려 눈에 보이지 않지만 큰 나무를 지탱하게 하는 뿌리를 함부로 대하고 잘라내는 잘못을 범하지 않기를 바랍니다. 선배 선생님들의 지혜와 경륜이 후배 선생님들의 시행착오를 최대한 줄여 주는 도우미 역할을 마음 놓고 할 수 있기를!

더 낮아져라

   그 어느 해보다 말도 많았던 '스승의 날'을 보내는 오늘. 우리 학교도 학교 교육계획을 수립할 때는 스승의 날을 휴업일로 결정했으나 여러 가지 정황을 생각하며 보다 적극적인 자세로 스승의 날을 뜻 깊게 하자는 교장 선생님의 깊은 뜻을 받들어서 등교하는 날로 했습니다. 이미 학교 달력이나 게시판에 휴업일로 예고되어 있었지만 번복하기를 잘했다는 생각이 들 정도로 인상 깊은 시간을 보냈습니다.

   스승의 날에 대한 세간의 곱지 않은 눈초리를 의식하여 위축된 교단의 모습, 전국의 학교들이 절반 이상 학교의 문을 닫은 오늘은 우리 교육의 현주소가 어디에 있는지 심각하게 고민해야 함을 생각하게 합니다. 그럼에도 불구하고 현직에 서 있는 교사의 한 사람으로서 그 어느 해보다 숙연하고 비장한 마음가짐으로 무장하게 된 우리 학교 스승의 날 풍경을 스케치하는 내 마음은 행복함으로 충만하답니다.

   휴업일을 번복하지 말자는 선생님들의 은근한 반대에도 불구하고 다시 등교를 결정하여 스승의 날 기념식을 준비하게 한 교장 선생님(최수성)의 깊은 뜻을 늦게나마 헤아리며 감사하게 되었습니다. 언제부터인가 계기교육이 뒷전으로 물러나게 되어 버린 학교의 모습을 생각해 볼 때, 오늘 우리 학교에서 실시한 스승의 날 계기교육은 신선함 그 자체였습니다.

나는 아침 협의에 참석하기 위해 우리 1학년 아이들에게 옛날 선생님의 모습을 그림으로 그리게 하였습니다. 아직도 글자를 깨우치지 못한 아이들이 있으니 편지를 쓰는 것은 무리였기 때문입니다. 유치원 선생님, 어린이집 선생님의 모습을 떠올리며 그림을 그리는 아이들을 뒤로 하고 직원 협의에 참석했습니다.

교장선생님이 낭독해 주시는 교육감 서한문, 교감 선생님의 사도헌장, 교무부장 선생님이 낭독하는 전남교사명, 새내기 선생님이 무명교사 예찬을 읽어 가는 동안 잔잔하게 일어나던 감동의 물결로 숙연해진 교직원들. 선생님들의 용기를 북돋워주시며 선물까지 챙겨주시는 교장선생님의 마음씀씀이에 다시 한 번 감동을 했답니다. 날마다 고된 발을 소중히 하라시며 건네주시는 양말 선물은 두고두고 마음에 남을 것 같습니다.

그렇게 우리 선생님들을 고무시킨 교장선생님은 낮아짐을 다짐하는 '세족식'을 준비하게 하며 처음 해보는 낯선 행사를 무리 없이 받아들이게 하신 겁니다.

유치원생부터 6학년에 이르기까지 전교생 140여 명이 참석한 행사장. 선생님들의 가슴에 꽃이 채워지고 학생회장의 편지글 낭독에 이어 선생님의 사랑과 손길이 더 필요한 어린이 중심으로 발 씻어 주기 행사에서 절정을 이루었습니다. 저학년 아이들은 부러운 눈으로, 고학년 아이들은 쑥스러움을 감추면서도 모두 함께 행복했습니다.

짧은 시간이었지만 그 어느 해보다 감동적인 날이었습니다. 처음 교단에 서던 다짐을 되새기며 사도헌장을 음미하고 무명교사 예찬으로 마음을 다잡은 오늘 행사는 얼마나 더 교단에 남을지 모르는 나머지 삶을 지켜주는 횃불이 되리라 의심하지 않습니다. 이것이 바로 진정한 스승의 날 행사가 아닐까요? 조그마한 제자의 발을 내 자식의 그것처럼 정성스럽게 씻어 주며 마음을 나누는 의미 있는 시간의 소중함!

우리 1학년 고은이는 행복한지 발을 씻겨주는 내내 물어봅니다.

"선생님, 왜 제 발을 씻어 주세요?"

"응, 고은이를 사랑하니까 씻어 주지."

미리 준비한 새 양말을 신겨 주는 동안 늘 눈물이 많던 고은이가 행복하게 웃으며 환하던 모습, 늘 넘어지는 권영이의 발에 그처럼 상처가 많은 걸 처음 본 그 아픔을 잊지 않으며 살고 싶습니다. 내가 해줄 수 있는 것이 참으로 작고 미약하겠지만 마음으로 빌고 노력하노라면 그 아이들이 가는 길에 작은 안내자는 될 수 있으리라 확신합니다.

유치원 선생님의 이름마저 쓰지 못하는 아이들은 그림에다 내 이름을 써놓고 하늘땅만큼 사랑한다고 소리 지르던 영찬이, 내 얼굴보다 몇 배나 예쁜 얼굴을 그려놓은 하늘이의 그림을 친구들 그림 옆에 붙여놓고 한참 동안 행복했습니다.

오늘처럼 마음에 정이 넘쳐흘러서 가슴을 적시게 하는 날이 많아지도록 우리 아이들을 정으로 길러야겠습니다. 두 아이 발만 씻겨 주었다고 투덜거리는 유림이를 생각하니, 내일부터는 돌아가면서 씻겨 주어야겠습니다. 그것도 제일 말썽 부린 아이들부터 날마다 해줄 수 있을 만큼 내 마음이 부자였으면 참 좋겠습니다. 아니, 교단에 서 있는 동안 날마다 그렇게 살 수 있으면 좋겠다고 생각하니 지난 시간이 참 아쉽습니다. 낮아지고 또 낮아지리라 다짐을 합니다.

정직과 성실이 더 중요해요

　가짜 박사 학위 사건은 어제 오늘의 일이 아님에도 불구하고 신모씨 사건을 바라보는 사람들은 왜 그렇게 호들갑일까? 무엇인가를 가지지 못한 사람들은 그것을 얻기 위해 정당한 방법을 써야 함에도 불구하고 여의치 않으면 수단과 방법을 가리지 않는 잘못을 범하게 된다. 가짜 학위로 교단에 서거나 유명세를 날리며 작가 활동이나 방송 활동을 해온 그들이 겪었을 마음의 고통 또한 결코 작지 않았으리라 여긴다. 본의 아니게 한 번 내디딘 거짓말을 되돌릴 겨를도 없이 그 길로 가게 되었다는 변명을 듣고 보면 차라리 측은한 생각마저 들게 된다. 그렇다고 가르침의 전당에서 정직과 진실을 외면한 그의 행위를 엄호할 생각은 추호도 없다.
　솔직히 말해서 나는 그 사람들을 향해 삿대질을 할 자신이 없다. 아니 연민의 정을 느낀다고 해야 맞는 표현이다. 왜냐하면 나 자신이 그 학벌 사회에 진입하기 위해 무척 애를 썼기 때문이다. 정규 과정의 학교로 진학할 수조차 없었던 가난을 딛고 일어서기 위해 주경야독의 길을 걸으며 내 젊음의 시계에는 학창 시절의 낭만이나 추억을 반추해 낼 아무런 기제가 없는 것이 늘 아픔으로 남아 있다. 살아가면서 학창 시절을 떠올리며 우정을 나눌 친구를 찾는다거나 짝사랑 했던 선생님이 없다는 사실도 슬프지만 거의 10년에 가까운 학창 시절이 없다는 것은, 교실 이야기가 없다는 것은 그 시간만큼 블랙홀에 빠진 것만큼 손해라고 생각되기 때문이다.

생존의 길에서 낙오되지 않기 위해 무작정 책을 읽고 무엇이 지혜를 얻는 길인지도 모른 채 그저 학력을 인정받기 위해 지식이 주는 참맛을 곱씹을 틈도 없이 과식하며 좌절과 절망을 이기고 희망을 유일한 친구로 삼았던 내 젊은 날의 뒤안길. '독학'이라는 최종 학력을 덮기 위해 현직에 있으면서도 주말이면 대학원 강의를 듣기 위해 2년 반을 투자하여 석사 학위를 얻었지만 그것이 체면치레를 위한 것이 아니었다고 단언할 수 없다.

내 글이 실리는 문예지에서조차 최종 학력이 소개되고 인사이동 때마다 언급되는 최종 학력의 딱지는 곧 내 얼굴이 되었음을 부인할 수 없다. 오히려 나의 잘못은 다른 데 있는지도 모른다. 내가 가지 못했던 학력 사회의 진입을 위해, 나의 제자들이 보다 이름 있는 대학으로 진학하기를 종용했으며 나의 자식들이 지닌 재주나 소질보다 대학의 이름을 보고 진로를 결정하는 데 일조를 했기 때문이다. 실속을 따지기보다는 명분을 더 중요하게 생각하였음을 부인하기 어렵다.

이제는 능력에 따라 열심히 일하고 사이버대학이나 학점은행제와 같은 학력 인정 시스템을 적극 활용할 때가 되었다고 생각한다. 명문대를 나오고도 취업이 안 되어서 다시 전문대학을 가거나 격을 낮추어 취업하기를 꺼려서 고학력 실업자를 양산하고 있는 교육 현실은 심각한 사회 문제가 아닐 수 없다. 어찌 보면 모든 문제의 중심에는 교육 문제가 출발점이라는 생각을 지울 수 없다.

보이는 것이 보이지 않는 것보다 더 중요하지 않을 수 있음에도 불구하고 보이는 것에 치중하여 내실보다는 형식과 명분을 우선시 하였던 오랜 관행을 이제는 뒤집어 보아야 할 때라고 생각한다. 끝없는 경쟁의 논리에 가속이 붙어 달리기를 멈추지 못한 브레이크 없는 자동차처럼 우리 사회 곳곳에서 불거지는 어두운 단면들을 닦아내기 위해서는 다시 교육으로 돌아와야 한다.

'최고의 인간 교육은 스스로 스스로에게 가르치는 교육이다'라고 한 월터 스콧의 일침은 모든 교육자와 학생들이 날마다 새겨들어야 할 금언이라고 생각한다. 그리하여 '무엇'이 되기보다는 '어떻게' 되어야 하는가를 마음으로 깨닫고 몸으로 실천하게 되어야 하리라. 신모 교수의 가짜 박사 파문은 우리 교육계가 치유해야 할 아픈 숙제이다. 이제라도 진실과 정직함, 성실과 노력이 출세와 성공이라는 명제보다 앞선 지식이 되어야 함을 더 열심히 가르쳐야겠다.

3
내 남편의 별명은 '쑥캐남'

가을밤의 모정

산골에 찾아든 가을밤. 가을벌레들이 숨죽이며 겨우살이 준비를 하는지 조용해진 요즈음, 피아골의 분교엔 밤이 일찍 찾아온다. 창밖이 어두워서 사택으로 가려고 문을 잠그고 나니 달님이 보인다. 팔월 보름이 지났으나 아직은 살이 남아있는 달이 보기 좋다. 달님을 보니 집으로 가는 게 억울해서 다시 문을 열고 교실로 들어왔다. 달님이 없으면 아무것도 보이지 않는 교정을 빠져나가기가 어려운데, 달님이 친구해 줄 터이니 마음이 놓인다.

친구란 참 좋은 단어이다. 그것이 비록 말이 통하지 않는 달님이건 작은 고양이 한 마리이거나 말이다. 어쩌면 진정한 친구 사이에는 말조차 필요 없지만…. 멀리 있어도 느낌으로 통하고 언제 찾아도 다시 반가우며 요란하지 않으니 친구는 해님보다는 달님이 더 어울릴지도 모른다. 뜨겁지 않으니 싫증이 나지 않아 좋고 날마다 볼 수 없으니 잔잔한 그리움까지 채웠다가 비워야 하는 아쉬움까지 간직한 달님!

좋아하는 음악을 들으며 아끼는 사람들에게, 제자들에게 편지를 보내려고 글쇠판을 두드린다. 그리움의 편지를 쓰라고 달님이 창밖에서 재촉한다. 사랑할 수 있을 때 많이 사랑하고 그리워할 수 있는 시간을 뒤로 미루지 말라고, 누군가를 격려하라고 졸라댄다. 가을에는 그래야 한다고 글쇠판으로 나를 끌고 간다.

달을 보니 전방부대에 있는 아들의 목소리가 듣고 싶어 전화를 건다. 다행히 매복 작업에 들어가지 않았는지 전화를 받는다. 텅 빈 학교에 혼자 있어서인지, 차분한 음악 탓인지, 아니면 동그마니 떠오른 달님 때문인지 목이 메는 걸 참으며 아들 목소리를 들었다.

추석 연휴에도 최전방 부대에서 수색과 매복으로 시간을 보내야 한다는 녀석의 말이 가슴에 꽂혀 기어이 눈물을 만들고 만다. 일하는 엄마라서 초등학교 때부터 강요된 홀로서기를 하며 많은 시행착오를 거쳐 서울로 대학을 가면서도 흐트러진 모습을 보여 주지 않았던 아들이 오늘은 참 안쓰럽다. 시험과 싸우듯 보낸 고등학교 3년, 객지에서 보낸 대학 1년을 뒤로 하고 군에 자원입대를 하여 자신과 싸우고 있는 아들은 시간이 아깝다고 한다.

그런 아들에게 그 시간은 결코 헛된 시간이 아니고 자신을 다듬고 숙성시키는 시간이니 긍정적이고 적극적으로 군 생활을 하라고 다독이는 말밖에 해 줄 게 없는 어미 노릇이 안타깝다. 어쩌면 인생을 살아가는 동안 가장 가까운 거리에서 자신을 보며 사색과 인내로 굵은 나이테를 만들어 가는 값진 시간을 만드는 귀한 기회로 삼으라고….

꽃을 버려야 열매를 보듯, 달도 이지러져야 다시 보름달이 되듯, 지금은 자신을 비우는 시간이니 채우는 그 날들을 위해 기다리라고 말하고 싶었는데 전화선을 타고 들려오는 목소리를 듣는 순간, 반가움에 다 잊고 말았다. 아들도 저 달님을 보고 있으리

라. 깊어가는 가을밤에 보름달을 보면서 매복에 들어가 보초를 서면서 저 달님을 보며 그리움을 삭히리라.

'아들아! 삭힐 수만 있다면 생각도 키워 녹이고 사색도 크게 삭히고 마음도 달님처럼 늘 겸손하게 요란하지 않게 채웠다 비우면서도 기다리는 미덕을 배우거라. 할 수만 있다면 달님을 볼 수 있는 마음의 여유를 잃지 말거라. 엄마는 달을 보며 살지 못 했으니, 너는 달이 언제 떠서 보름달이 되어가며 언제 그믐달이 되어가는 지, 평생 동안 네가 본 보름달의 수를 헤아리고 사색하며 살기를!'

홀로서기 연습

새벽부터 노래 부르는 매미 덕분에 아침을 일찍 열었다. 저 매미가 우는 건지, 노래 부르는 건지는 모르겠지만 나는 노래 부른다고 생각하고 싶다. 그토록 긴 시간 굼벵이로 보낸 것은 지상에서 노래 부르기 위한 오늘을 위함이 아니던가? 높이 멀리 보기 위해서는 산의 정상에 오르던가 비행기를 타야 한다. 그렇지 않다면 내면을 맑고 투명하게 비워야 하는지도 모른다. 세상이 있는 그대로 볼 수 있도록….

지난밤에 만나고 온 아들아이의 모습에 12시가 넘도록 잠을 청하지 못했다. 집에 있었다면 컴퓨터 게임하는 아들과 늘 실랑이를 벌이고 있을 여름방학일 텐데, 기숙사에 보내고선 편히 사는 내 모습이 무책임하게 보이곤 한다. 가끔 수신자 부담으로 걸려 오는 전화에 필요한 것을 배달해 주는 역할밖에 못하는 엄마 노릇.

그런데 어제는 아들이 부탁한 준비물을 빠뜨리고 가서 두 번 다녀오는 일이 생긴 것이다. 11시 20분이 넘어서인지 기숙사 부근은 어둠이 내려앉았고 아들만 나와서 기다리고 있었다.

"엄마가 못 챙겨서 미안해."

"엄마, 미안해요. 늦은 시각에 오시게 해서…."

기숙사로 들어가려는 아들의 귀를 잡고 볼에 뽀뽀를 하니 여느 때와 달리 가만히 있었다. 들어가는 모습을 보고 있으니 뒤돌아보며 손을 흔들었다. 나도 손을 흔들어 보이는 순간, 호흡이 멈춰졌다.

'이제 넌 홀로서기를 하고 있구나. 짧게는 대학을 향해 더듬이를 곧추 세워야 하는 1년 동안의 별거이지만, 하루가 다르게 스스로 선택하고 판단하며 시간을 태우는구나.'

자동차에 시동을 걸며 이제 엄마로서 버팀목의 구실은 거두어야 한다는 생각에 나도 모르게 눈가에 이슬이 맺혔다. 그는 이제 살기 위한 홀로 서기에 나선 것임. 내 아들로서가 아닌, 한 인간으로서. 대견함과 쓸쓸함이 함께 밀려와 등 뒤의 보름달과 어울리고 있었다. 달님은 내게 속삭이고 있었다.

'구조 신호를 보낼 때까지는 보고 싶어도 참아야 한다. 때로는 타는 목마름도 홀로 견뎌야 한다. 아무 때나 무한정으로 베푸는 사랑으로는 튼튼한 나무로 기를 수 없다.'

세상 나들이를 준비하는 아들의 홀로 서기! 아들아, 나도 네 나이에 내 시간을 선택하며 살았단다. 버팀목 대신에 내 보살핌이 절실했던 부모님이 오히려 나를 채찍질했던 시간이었다.

방학 중에도 하루 일곱 시간씩 강습에 다녀오면 피곤에 떨어지는 요즈음, 아직도 앎에 대한 갈증과 내 부족함을 채우느라 바쁘다. 밤중에 두 번씩이나 그 아이에게 달려가느라 자정에야 잠자리에 들었지만 가슴 뿌듯한 6월 보름밤이었다. 조용한 도로에서 달님의 속삭임을 받으며 아들을 위한 기도에 눈물짓는 어미가 되어 보았으니. 산다는 것은 끝없는 홀로 서기인 것을!

단풍보다 고운 사람

　어젯밤에는 휴가 나온 아들을 데리고 큰아주버님 댁을 방문했다. 일병 휴가를 나온 아들이 부대에 복귀하기 전에 인사를 드리러 간 것이다. 까매진 피부에 푸르뎅뎅한 여드름 자국이 어미 마음을 아프게 하지만 의젓하게 군 복무를 하고 있는 아들의 모습을 자랑도 할 겸, 노환으로 누워 계신 할머님을 뵙게 하고 싶어서였다. 팔순을 훨씬 넘기신 시어머님은 큰아주버님 부부의 극진한 보살핌을 받으시며 병석에서도 깔끔한 모습을 지니고 계셨다.

　노인문제가 커다란 사회문제가 되고 있는 현실에 비추어 볼 때, 큰아주버님 부부가 보여 주시는 헌신은 나를 늘 감동케 한다. 이미 오래전에 고혈압으로 병석에 누운 큰형님을 10년 이상을 정성으로 돌보신 큰아주버님은 승진도 포기하고 아내 곁을 지키며 명예퇴직을 하신 분이다. 그 형님이 세상을 뜨신 후 주위의 권고를 받아들여 새 식구를 맞이하신 지 얼마 되지 않아 시아버님이 돌아가시고, 뒤이어 시어머님까지 병석에 누우셨다. 연로하신 노모를 모시는 일을 자청하시고 1년 넘게 병 수발을 하고 계신 것이다.

두 분은 독실한 크리스천으로서 모시는 어려움을 신앙심으로 이긴다며 겸손해하신다. 두 분 역시 건강이 좋지 않으면서도 노모를 모시는 마음과 정성을 보면 절로 고개가 숙여진다. 살아 계시는 동안 편안하시라고 휠체어에 어머님을 모시고 교회에 다니기도 하고, 온갖 음식으로 입에 맞춰 해 드리는가 하면, 심심하시다고 노인복지회관에 출퇴근까지 시켜 드리곤 했다. 이제 미음을 드시다가 물만 드시며 몸조차 이기지 못하시니, 아기처럼 누워서 먹고 배설하는 어려움을 다 감당하시면서도 얼마나 깨끗하게 수발해 드리는지 빨래가 온 집에 널려 있었다.

그런 덕분에 누워 계시면서도 상처 하나 없이 깨끗하게 사위어 가는 어머님의 모습은 벚꽃처럼 깨끗하시다. 아들이 다시 휴가를 올 때쯤이면 할머니를 뵈올 수 없을 것 같아 마지막이 될지도 모르기에 할머니의 손을 잡아 보게 했더니 슬퍼하며 자리를 떠 버린다. 어린 시절부터 20년 넘게 보아 온 할머니의 석양이 결코 가볍지 않게 다가선 모양이다. 어쩌면 그 모습이 곧 어미의 모습이될 거라는 한 마디가 더욱 아팠으리라. 그것이 삶의 진실이자 순리이기에 늘 잊지 않으며 살아야 함에도 우리는 늘 그 사실을 잊고 산다. 영원히 살 것처럼.

어쩌면 이 가을은 말없이 서서 그것을 말해 주고 싶어 하리라. 사람들은 단지 단풍이 곱다고, 아름답다고 구경한다. 힘들게 일해 온 뿌리를 쉬게 하고 다음 봄을 기약하며 더 이상의 수액을 거절하고 단풍이 되어 가며 죽음을 선택하는 나무의 소리는 듣지못한 채. 마치 우리 어머님이 가실 날을 아신 듯 더 이상의 곡기를 거부하고 최소한의 물만 드시며 고운 단풍이 되기를 바라듯 깨끗하게 사위어 가시듯이.

아직 의식은 살아 있어 눈인사로 사람을 알아보시는 어머님은 이제 한순간에 화르르 내려앉을 채비를 하고 계셨다. 나는 그저 어머님의 목을 안고 말없이 눈물만 흘렸다. 어쩌면 가을로 접어든 내 모습도 저렇게 깨끗하게 한순간에 삶을 내려놓을 수 있도록 사는 동안 후회 없이 수액을 조절해야 함을 생각했다.

이제는 편안하게 쉬어야 할 연세에도 병든 노모를 모시고 육신의 고단함과 마음의 애쓰심이 큰 형님 부부를 짓누르는 현실이 미안하고 죄송했다. 아니, 두 분은 단풍보다 더 고운 시간을 나누고 계셨다. 아기처럼 거들고 보살피며 곁에서 수발을 드는 모습은 이 가을에 본 가장 아름다운 단풍의 모습이다. 어쩌면 우리 모두는 끝없는 윤회의 언덕에서 잠시 스쳐 가는 인연들이다. 그것이 부모와 자식의 모습이든, 스승과 제자이든…. 서로가 서로에게 뿌리와 잎이 되고 줄기와 가지가 되어 꽃을 피우고, 단풍이 되었다가 낙엽이 되고 다시 소생하는 봄을 맞이하기까지 끝없이 윤회하는 한 그루의 나무인 것이다.

몸이 편한 것보다 마음이 편한 것을 아무런 망설임 없이 선택하고, 아름답게 물들어 가는 한 그루의 나무를 원시로 돌려보내는 숭고한 작업을 말없이 감당해 내는 그 아름다운 모습이 이 가을에 보았던 가장 아름답고 고운 단풍으로 늘 잊지 않고 기억하리라. 그리고 할 수만 있다면 나도 닮아 보도록 몸부림쳐 보리라.

만 원짜리 뽀뽀

입사한 지 16년 동안 회사 일에 젊음을 바친 남편의 입에서 나온 말이다.

"여보, 나 명예퇴직 신청해야겠어."

1, 2차 정리해고까지 무난히 넘긴 그가 힘들게 버티며 열심히 일하기에 안심하고 있었는데. 회사에서 살아남기 위한 몸부림이 슬프다는 것이 이유였다.

"당신의 능력을 인정받고 있는데 군이 그럴 필요가 있어요?"

"아니, 이젠 좀 쉬고 싶어."

힘들어하는 그를 위로할 방법을 연구했던 며칠 동안 생각해 낸 아이디어! 아이들을 가르치면서 얻는 보람과 더불어, 얻어지는 월급으로 작은 기쁨을 만들어 가는 것은 살림하는 아낙의 행복이기도 하다. 내 것을 갖기 위해 만든 통장은 아니었지만 늘 그랬던 것처럼 그가 즐거워하는 모습을 상상하며 작은 적금을 시작하곤 했었다. 마침 몇 년 동안 부은 적금이 만기가 되었으니 그를 웃겨 볼 생각이 난 것이다. 마흔을 훨씬 넘기며 친구처럼 살아가는 것이 요즈음이 아닌가. 퇴근 후 집에 돌아온 남편에게 제안을 했다. 통장을 내밀며 나는 말했다.

"여보, 하루에 한 번씩 굿나이트 키스하는데 만 원이에요."

"한 번에 만 원?"

"천만 원 드렸으니 천 일 동안이에요."

장난기 섞인 내 제안에 재미있어 하는 남편을 보니 행복했다. 저 남자의 첫 키스에 정신을 빼앗긴 채 연애 기간 4년 반, 결혼한 지 16년이 지났으니 그를 만난 지 20년이 넘었지만 나는 아직도 연애 감정을 버리지 못하는 철없는 아내인지도 모른다. 꼭 필요한 말 외에는 농담조차 건네지 못하는 그의 무뚝뚝함. 같은 말이라도 듣기 좋게 할 줄 모르는 그의 고지식함에 가슴 아파했던 세월이 지나니 말없는 신실함이 오히려 편안하게 다가온 지금. 사랑한다는 말조차 부끄러워하는 그에게 굿나이트 키스를 기대하는 것은 무리지만, 대화거리를 만들었으니 얼마나 좋은가?

"여보, 오늘은 3일째입니다."

"그럼 997번이나 남은 건가? 허허."

한술 더 떠서 요즘의 대화는 좀 더 야해졌다.

"여보, 셋 중에서 선택하세요. 첫째 굿나이트 키스, 둘째 '사랑해' 세 번 말하기, 그것도 아니면 흰머리 20개 뽑아 주기."

남편의 대답은 늘 3번이다.

"좋아, 흰머리 뽑기로 선택하겠어요."

"에이, 바보. 가장 힘든 걸 택하다니."

그의 무릎에서 이제 불혹을 훨씬 넘긴 나이를 장식하듯 돋기 시작한 흰머리가 사오십 개쯤 뽑혀 가면 이내 잠들고 마는 나는 언제쯤 997번의 뽀뽀를 다 받아 낼지 계산이 서지 않는다.

아! 그는 흰머리 한 올을 뽑을 때마다 그의 사랑이 담긴 검은 머리 한 올을 심는지도 모른다. 자그마한 애정 표현에 민감하게 반응하고 별 뜻 없이 던지는 한마디에도 서운해서 토라지는 아내의 심리를 너무도 모르는 남편이지만, 쉬고 싶다던 그에게 선뜻 그러라고 말해 주지 못한 나는 그를 진정 사랑하는 걸까? 그가 입 밖으로 내기까지 마음은 곪아 터졌으리라 생각하니 그의 상처와 번민이 마음 아파 온다.

눈 쌓인 한겨울에 겨울잠도 자지 않고 펄쩍펄쩍 뛰는 기묘년의 토끼처럼 회사 일이 잘 되어 그의 어깨가 활짝 펴지기를 기원한다.

자목련이 피는 날이면

　교실 뒤란의 벚꽃이 눈꽃이 되어 흩어지는 오후. 모퉁이마다 널브러진 꽃잎들의 잔해가 마음을 아리게 한다. 지는 순간까지, 땅에 떨어져 뒹구는 순간에도 의연하게 제 모습을 갖추고 누운 모습은 마지막까지 고와서 차마 밟을 수조차 없다. 벚꽃에 가려서 언제 꽃대를 올렸는지도 모르게 할 일을 다한 자목련이 우중충한 하늘을 원망하며 북쪽 하늘을 향해 마음을 열었다. 한 잎만 열어 놓고 매혹적인 향기를 보내고 서 있다. 그런데 자목련이 필 무렵이면 늘 비가 내려서 꽃을 제대로 보기가 어렵다. 올해에도 어김없이 비가 온단다. 그리움을 간직한 꽃이라서일까? 활짝 피기 전에 한 잎만 살짝 열어 놓은 고혹적인 모습은 우아함의 극치이다. 기다림과 아쉬움에 절어서 붉지도 못하고 하얗지도 못한 자줏빛 피멍든 가슴으로 핀 탓이리라. 자목련이 피는 오늘, 자줏빛 단팥을 넣은 찰밥이 점심밥이었다. 이 무렵이면 나는 까닭 없이 아프곤 했다. 아니, 까닭이 없는 게 아니다. 병고에 시달리다 환갑도 치르지 못하고 생을 마감한 어머님을 보낸 계절이라는 걸

뒤늦게 깨닫곤 했다. 어머님의 단아한 모습을 닮은 자목련을 보는 일은 늘 아픔을 동반한다. 한 많은 삶을 짧은 시간 속에 묻고 가는 길을 힘들게 마감하신 어머님을 생각나게 하는 꽃, 자목련. 엄동설한 다 넘긴 4월에 화려한 자태를 다 내놓기도 전에 비에 씻겨 제대로 꽃다운 삶을 다하지 못하는 그 모습은 영락없이 자태가 곱고 여성스럽던 어머님의 모습이다. 어린 시절, 유난히 찰밥을 좋아했던 내 식성은 어머님을 보낸 후로는 찰밥을 별로 좋아하지 않는다. 찰밥을 대할 때면 늘 생각나는 장면으로 목울대가 뻣뻣해지곤 했다. 정규 중학교 대신 고등공민학교 3학년에 다니던 겨울. 나만 장성에 남겨 놓고 정읍으로 이사를 가신 어머님이 찰밥을 좋아하는 내가 마음에 걸려서 대보름을 지낸 찰밥을 도시락에 싸들고 내가 살던 초라한 숙소에 찾아오셨었다. 어쩌면 찰밥보다 차비가 더 비쌌을 텐데…. 가세가 기울어서 한 집에서 살 수 없었던 형편이었지만 학업의 의지만은 꺾을 수 없어 졸업하기까지 남의 집에 어찌어찌 얹혀살던 시절. 그날 나는 평생 먹지 않아도 될 만큼의 찰밥을 다 먹었는지도 모른다. 눈물과 함께 빵을 먹었던 시절이 있었기에 아직도 나는 삶에 감사하고 겸허함을 단짝 친구로 삼고 싶어 하며, 가난한 아이들에게 더 눈이 가는지도 모른다. 정신없이 맛있게 먹는 내 모습을 보며 되돌아가는 차 속에서 한없이 우셨다는 어머니. 그 어머님이 가신 지 20년이 지났지만 찰밥을 대하면 나는 아직도 그날 풍경이 떠올라 아이들처럼 눈물을 삼키며 어머니를 그리워한다.

　육신으로 나를 낳아 주신 분은 아니었지만 내게 어머님은 늘 그분이셨다. 배움도 없고 가난하셨지만 내게 늘 여자의 삶이 어떠해야 하는지, 아내 된 모습이 어떠해야 하는지 아버지를 극진히 모시는 모습을 통해서 배우게 하셨다. 칭찬보다 매서운 꾸중으로 나를 올곧게 다그친 어머님의 눈에 들기 위해 어린 나는 초등학교 2학년 무렵부터 부엌일과 요리를 배웠다. 초등학교를 다니는 동안 친구들과 어울려 놀았던 기억보다 집에 빨리 가서 집 청소를 하고 물을 긷고 밥을 짓는 일, 설거지 하는 일들이 더 중요했었다.

"가난을 이기는 것은 부지런한 손이며, 안 사람이 중요하다" 시던 어머니는 쇠고기 한 근을 사 오면 일을 나가시는 아버지만을 위해 일주일 동안 아껴서 국을 끓이시면서도 나와 어머니는 겨우 국물만 맛보았을 만큼 알뜰하셨다. 귀하던 계란은 오직 아버지 몫이었으니 어린 마음에 서운함도 컸지만, 돌이켜 생각해 보면 가난한 살림을 키우고 싶어 했던 어머니의 필사적인 노력이었음을! 요리하며 생기는 뜨거운 물조차도 함부로 버리지 못하게 하신 어머님의 지혜는 요즘 말로 하면 환경보호이리라. 뜨거운 물을 바로 버리면 작은 생물들이 죽게 되니 그것도 죄라며 어린 나를 가르치셨다. 설거지통에서 행여 밥알이라도 나가는 날이면 되게 혼나는 날이었다. 칭찬을 들어 본 기억이 별로 없어서 나는 늘 기가 죽어 학교에 가서도 발표도 하지 못하는 아이였다. 어쩌면 원망과 좌절로 얼룩진 유년의 추억이지만, 찰밥을 대하는 마음에는 늘 가난으로 아팠던 그날들이 떠올라 목을 메이게 한다. 그렇게 좋아했던 찰밥을 맛있게 먹지 못하는, 아직도 덜 떨어진 내 모습을 어머님이 보시면 뭐라고 하실까?

자목련이 피는 날, 붉은 팥 색깔이 고운 찰밥을 먹는 일은 돌아갈 수 없는, 그래도 다시 가고 싶은, 길러 주신 은공에 감사드릴 분을 사모하고 싶은 탓이다. 함께 웃은 사람은 기억하지 못해도 같이 눈물 흘린 사람은 영원히 잊지 못하는 모양이다. 자목련은 내 어머니를 닮아서 더 서러운 꽃이다. 창밖에선 비 듣는 소리가 난다. 자목련이 운다. 어머니를 그리는 나도 운다.

내 남편의 별명은 '쑥캐남'

"여보, 오늘 바깥 날씨가 어때? 황사가 온 건 아니겠지?"

바깥은 아직 어둑어둑 하건만 남편은 아침 외출을 서두릅니다. 남편을 따라 내게는 낯선 땅인 이곳 강진으로 이사를 왔습니다. 오늘 아침에도 남편은 작업복 차림에 겨울 모자를 둘러쓰고 아침 나들이를 나갔습니다. 그렇게 나간 남편은 1시간이 넘도록 들어오지 않더니 나 혼자서 아침밥을 쑥국에 말아 먹고 출근 준비를 서두를 때가 되어서야 들어옵니다.

"아니, 당신은 마누라 데려다 놓고 아침마다 이렇게 혼자 밥을 먹게 해요?"
"조금 더 있으면 더 캐고 싶어도 쑥이 너무 자라서 좋은 쑥을 얻기 어려우니 며칠만 참아요."

밥을 먹는 것도 잊은 채 캐온 쑥을 신문지 위에 퍼놓고 물기를 가시게 하느라 남편은 연신 쑥을 매만집니다. 그렇게 널어놓은 쑥은 출근길에 회사로 가져가곤 한답니다. 남편이 이렇게 봄만 되면 쑥을 캐기 시작한 것은 벌써 10년이 다되어 갑니다. 시골이 고향인 남편은 두고 온 고향을 생각하며 아침마다 나들이를 하는 지도 모릅니다.

몇 년 전에 주말이면 쑥을 캐러 나가자고 조르던 남편의 성화에 못 이겨 따라 나섰던 적이 있었습니다. 그러나 마음 편하게 쑥을 캐는 남편과 달리 나는 투덜거리기만 했습니다. 일요일이면 밀린 집안일에 세탁물 다림질하는 일, 청소하는 일에 이르기까지 모든 집안일들이 내 손을 기다리고 있는데 한가하게 쑥을 캐는 일에 마음을 쓸 수 없어서였습니다.

그러다 보니 어느 날부터인가 남편은 새 봄만 되면 꽃샘추위에 도 마다하지 않고 몇 시간씩 쑥을 캐러 나가곤 했습니다. 그렇게 쑥을 캐다가 날마다 쑥국을 끓이게 했고 집안 형제들에게 나눠 주기도 했습니다. 쑥이 많을 때는 쑥 즙까지 내어서 여름철에 두 고 먹을 만큼 쑥에 쑤욱 빠진 남자가 되고 만 것입니다.

같이 따라가 친구 해주며 같이 쑥을 캐지 못하지만 애기쑥으로 된장국을 끓여서 봄이 다 가도록 쑥국에 맛을 들여서 사는 나도 이젠 쑥을 아끼는 애호가가 되었답니다. 오랫동안 살림을 하며 먼 길을 달려 출근하느라 아침 식사를 제대로 못하는 동안 상한 위와 장이 좋아지고 있는 것은 바로 쑥 때문이라고 생각합니다.

주말에만 쑥을 캐던 남편이 더욱 깊이 쑥에 빠지기 시작한 것은 2005년 2월 말부터였습니다. 남편은 대기업의 부장으로 23년째 근무하고, 보험회사 대리점 대표를 맡아 강진 땅으로 내려왔습니다. 당시 나는 구례에서 근무했고 그는 집을 떠나 멀리 강진으로 나가는 바람에 나와는 정반대로 떨어져 살아야 했습니다.

가족과 멀리 떨어진 타향에서 홀로 밥을 끓여 먹고 싸늘한 빈방에 들어 긴 밤을 보냈던 2005년은 아마 그의 인생에서 가장 혹독한 겨울이었을 것입니다. 1년 동안 주말부부로 구례와 강진에서 광주 집으로 달려가며 우리

쑥에 취한 남자

는 함께 살 희망을 품고 서로를 위로하며 시간을 보냈습니다.

2005년 2월부터 시작된 쑥 캐는 남자(쑥캐남)가 된 남편은 주말에 광주에 오면 으레 쑥을 한 바구니씩 캐서 월요일에 강진으로 내려가곤 했습니다. 그렇게 가져간 쑥으로 찰떡을 해서 출근하는 20여 명의 사원들에게 나눠주는 기쁨을 낙으로 삼으며 정을 쌓기 시작했습니다.

남편은 보험회사 대리점 대표이며 사원들은 모두 여성 설계사들로 구성되어 있답니다. 연세 높으신 분은 어머니뻘도 계시지만 모든 설계사들께서 가족 같은 분위기로 친숙하게 된 데는 강진 특유의 따스하고 순박한 인심에다 설계사를 떠받들겠다는 남편의 마음가짐이 상승작용을 했다고 생각합니다.

남편은 손이 시린 들판에서 찬바람을 맞으면서 설계사들이 밖에 나가 일하면서 힘든 것에 비한다면 자신의 고생은 아무것도 아니라고 했습니다. 마음으로 심기고 일할 분위기를 만들어 주는 것이 자신이 할 수 있는 최선의 방법이니 일하고 들어오면 출출할 때 쑥떡으로 몸과 마음을 채워 주고 싶다고 했습니다.

손톱 끝이 까맣도록 캐낸 쑥을 다듬어서 쑥떡을 주문하러 가면 떡집 주인도 의아해하면서도 사원들을 사랑하는 그의 열정에 감

동하여 설계사를 돕는 계약까지 체결하기도 했답니다.

지난 2005년 부임하던 봄에 남편이 직접 쑥을 캐서 사원들에게 쑥떡을 선물한 것이 다섯 번에 이르니 설계사님들도 감동하여 짧은 시간 동안에 가족 같은 분위기가 조성되어 일이 잘되어 가는 것은 당연한 일인지도 모릅니다.

이제 그는 새로운 땅 강진에 안착하여 두 번째 봄을 보내고 있습니다. 이제는 사원들의 입에서, '우리 대표님이 쑥떡을 해오실 때가 되었는데…' 하며 쑥떡을 기다린다고 합니다. 남편은 공해와 오염이 없는 곳에서 쑥을 캐야 한다고 생각합니다.

"사랑하면 보이고, 그때 보이는 것은 예전과 다르다. 아침부터 저녁 늦게까지 보험을 통해 가족 사랑을 전파하러 방문하시는 우리 설계사님들을 위해 내가 할 수 있는 일은 마음과 정성을 전달하는 일이다. 유해식품이 범람하는 이때, 무공해 웰빙 식품인 쑥을 건강 증진에도 좋은 제철 식품으로 대접하고 싶다. 그러니 쑥을 캐는 장소도 선별해야 한다. 자동차가 많이 다니는 길가나 농약에 오염되기 쉬운 논가나 밭두렁을 피해 산중턱이나 골짜기에서 캐려면 멀리 깊숙이 들어가서 캐야 한다."

요즘 남편은 한술 더 떠서 쑥떡은 물론 방금 캐온 쑥을 밀폐용기에 담아서 편지글까지 뚜껑에 써서 설계사님들에게 선물합니다. 우리 집 '쑥캐남'의 사원 사랑에 샘이 나지만 그가 정을 붙이고 열심히 살아가는 모습이 아름답게 보여서 지면에 올리게 되었습니다. 이제 남편의 사업이 쑥을 닮아 쑤욱 쑥 자라리라 확신합니다. 사원들을 사랑하고 아끼고 함께 성장하려는 남편의 마음을 사원들이 믿고 따라준 덕분에 상복이 터졌으니 성공의 신호탄이 오른 것입니다.

　남편은 낮은 곳에 쭈그리고 앉아서 쑥 한 포기마다 사원들을 생각하다 보면 아무런 잡념이 없는 '무아지경'에 이르게 된다고 합니다. 쑥 예찬론자가 다된 남편의 모습이 위대하게 보이니 그 남편에 그 마누라이지요?

　공부 시간에 배가 고프다는 우리 1학년 아이들에게 쑥떡을 주고 싶다면 두말 하지 않고 넣어주는 남편 덕분에 저도 인기가 높아지고 있답니다. 선생님이 엄마 같다고 하니까요. 저도 남편이 사원들을 소중히 하는 것처럼 우리 반 아이들을 잘 받들 수 있도록 쑥떡을 먹고 생각을 쑥쑥 키우럽니다.

여사원들에게 빼앗긴 내 남편

"여보, 부엌에 있는 홍시 하나 먹어도 되지?"
"안 돼. 그건 좋은 거니까 그 옆에 있는 물렁물렁한 것으로 먹어요."
"아니, 마누라 말고 이 홍시를 먹을 사람이 또 있어요?"

약이 오른 내가 정색을 하니, 남편도 변명을 합니다.
"그 홍시를 닦느라 내 어깨가 빠질 지경이구먼. 좋은 것은 우리 사원들에게 갖다 줄 거야. 내일 아침 시무식 때 쓸 거니까 손대지 말아요."
새해 벽두부터 남편에게 푸대접 받는 것 같아 서운했지만 이런 일이 한두 번이 아니기에 내가 참기로 했습니다. 20여 년 동안 대기업에서 자신의 젊음을 다 보낸 남편이 명예퇴직과 함께 마련한 일자리에서 이제나마 안정을 찾아가고 있으니 그가 하는 대로 보아주는 게 내가 할 수 있는 일이기 때문입니다.
2005년 2월 초, 새로운 일터에 뿌리를 내리기 위해 찾아간 강진에서 처음 만난 20여 명의 생활설계사들을 마음으로부터 아끼는 걸 일의 시작으로 삼았던 남편. 남편은 2월의 차가운 주말을 들에서 보냈습니다. 주말이면 집에 올라와 쉬는 대신 소쿠리와 손칼을 들고 쑥을 캐며 회사 떠난 빈자리를 채우고, 쑥 한 포기 캘 때마다 거기에 사원들을 생각하는 마음을 담았다고 했습니다.

더 이상 쑥을 캘 수 없는 계절이 될 때까지 대여섯 번이나 캐온 많은 쑥으로 사원들에게 쑥떡을 해준 남편의 진정성이 통했는지, 남편은 어느 대리점보다도 탄탄하게 사원들을 이끌어 안정적인 직장으로 거듭나게 만들었습니다.

모두 다 여성만으로 이루어진 조직에서 사원들을 감동시키는 게 일보다 먼저라던 소신에, 눈 속에서도 빠지지 않고 출근하는 연로하신 설계사님들은 회사의 보물이라고 말하는 남편.

일흔을 넘긴 분들도 열심히 일하며 고객의 계약서를 컴퓨터로 작업하는 모습을 보노라면 감탄이 절로 나온답니다. 백발이 성성한 어머니 같으신 설계사님들을 모시는 일, 젊은 설계사님들을 유치하여 회사를 키우는 일에 혼신을 다하는 남편은 그분들이 회사의 보배이며 자신을 살게 하는 원천이니 떠받드는 것은 지극히 당연하다고 말합니다.

오히려 나보다 더 남편의 건강을 염려하고 챙겨주라고 주문하시는 어르신들이니 이쯤 되면 나는 남편을 일터에 빼앗긴 게 분명합니다. 늘 무슨 일로 사원들을 감동시킬까 궁리하는 남편에게 나는 늘 개밥에 도토리라고 푸념하지만 그래도 참 다행이라고 생각합니다. 중년을 넘긴 남편들이 일자리를 잃는 게 보통인 세태에서 살아남기 위해 최선을 다하는 모습만으로도 위안을 받기 때문입니다.

지난 12월 23일, 제가 태어나서 가장 멋진 자리인 〈오마이뉴스〉

시민기자 출판기념회에도 남편은 가지 못했습니다. 눈 속에서 출근하는 사원들은 두고 마누라의 행사장에 갈 수 없다는 게 그의 생각임을 잘 알기에 나 혼자 눈 속에서 기차를 타고 가까스로 도착했지만 서운해 하지 않았습니다.

시골 큰아주버님께서 우리 식구 먹으라고 보낸 귀한 홍시를 몇 시간 동안 닦고 손질해서 상품처럼 포장하고 다듬어서 통째로 회사로 가져갈 준비를 하던 남편이,

"여보, 이거 기사감 아닌가? 당신이 시민기자라면서 내 이야기는 안 써 주잖아."

"아니, 시민기자의 취재 윤리(?)를 어기고 당신에게 유익한 기사를 쓰라고?"

"열심히 사는 사람 이야기이니 좋은 기사거리를 제공해 주는 내게 고맙다고 해야지. 웬 취재윤리를 들먹거려?"

"그럼. 오늘 딱 한 번이다."

누가 보면 홍시 파는 남자처럼 보이는 사진 한 장에 이 기사를 실어 보내며 2006년 한 해는 우리 회사 직원들이 홍시처럼 붉은 마음으로 열정적으로 일하시고 건강하시기를 간절히 바랍니다.

자식은 허가 낸 도둑

"엄마, ○○ 옷 가게에서 50% 세일하는데요."

"그래서?"

"이쁜 옷 봐 둔 거 있는데, 하나만 사 주시면 안 돼요?"

"아이고, 옷 속에 파묻혀 살겠다. 속사람이 비면 겉치장에 신경 쓴단다."

"엄마, 제발 한 번만…."

딸아이의 애교 전략에 내가 또 넘어가는 순간입니다. 지난 크리스마스 때도 작은 기념품 하나 해준다고 마트에 데려갔는데 글쎄 목걸이 값으로 상당히 지출했기 때문에 녀석에게 넘어가지 않으려는데 통제가 안 됩니다. 대학 졸업반인 딸아이는 1월에 공무원 발령을 받을 거라며 기념으로 옷을 사달랍니다. 날마다 인터넷 쇼핑몰을 뒤지며 옷을 물색하는 모습을 못 본 체했는데….

여자 아이 아니랄까봐 얼굴에 너무 신경을 쓰더니 뽀루지로 피부과에 다니는 것에 만만찮은 경비를 들이더니 이제는 옷 타령입

니다. 그래도 고생해서 공부한 결과가 있어 제 밥값은 해놓은 아이이니 못 이긴 척 소원을 들어줄 생각으로,

"그래. 딱 하나만 사준다. 오늘 몇 시에 강의 끝나지? 엄마 마음 변하기 전에 일찍 들어와라."

"우와, 엄마가 역시 최고다! 앞으로는 제가 벌어서 사 입을 게요. 엄마, 고맙습니다."

즐거운 표정으로 계절학기 공부를 나가는 딸아이의 발걸음이 통통 튑니다. 그 모습은 영락없이 초등학생 같습니다. 대학교 4학년짜리 숙녀라고는 도저히 믿기지 않는 모습을 보며 그래도 귀엽게 생각되는 것은 어미의 본성인가 봅니다.

평소에는 따로 옷값을 주지 않으니 용돈을 절약해서 옷을 사 입는 모양인데 늘 모른 체하며 낭비하지 말라고, 옷에 구속되지 말라고 잔소리하는 게 다반사입니다. 그래서 그런지 내게 따로 옷을 사달라고 조르는 일이 거의 없습니다. 나도 언제부터인지 옷에 대한 관심이 멀어져서 나이 탓이라고 생각하는 요즈음. 세상일에 감동이 적어지고 크게 마음 쓰지 않게 된 지금. 살아 있는 금붕어처럼 팔딱거리는 딸아이 모습을 옆에서 보는 것만도 즐거워서 오랜만에 팔짱을 끼고 옷 가게를 찾기로 했습니다.

"엄마, 이거 어때요? 와, 저것은 딱 내 스타일이네."

혼자 신이 나서 이것저것 입어 보는 모습이 보기 좋았습니다. 엄마인 나와 달리 귀엽고 여성스런 몸매를 가진 아이는 뭘 입어도 잘 어울렸습니다. 정장 재킷 하나만 고른다던 녀석은 블라우스에 가죽벨트, 재킷 두 개를 챙기더니, 다른 가게에도 바지를 봐두었다며 또 졸랐습니다.

"녀석아, 너 이렇게 쇼핑하는 버릇을 안 고치면 시집가서 쫓겨난다. 남자들이 질색하는 게 낭비하는 버릇이란다. 맘에 든다고

충동 구매하는 버릇은 고쳐라. 오늘은 졸업 기념에 네 생일, 직장에 나갈 준비한다는 핑계로 엄마가 참아준다."

"잘 알겠습니다. 고맙습니다. 이제는 인터넷 쇼핑몰 뒤지지 않아도 되겠습니다."

"자식은 허가 낸 도둑이라더니, 나도 어쩔 수 없구나. 깨끗하게 잘 입고 단정하게 바지 끝도 줄이거라. 길바닥 쓸고 다니지 말고."

평소에 다른 부모들이 자식들에게 그저 퍼주는 모습을 달갑게 봐주지 못하고 걱정했는데 이제 보니 나도 어쩔 수 없는 그 모습을 갖고 있었던 모양입니다. 솔직히 지난 가을 내내 나 자신을 위해서는 옷 한 벌도 사지 않았습니다. 책을 사거나 생필품을 사는 게 전부였고 시간이 나면 원고를 쓸 욕심에 책을 보는 것이 쇼핑하는 일보다 먼저였기 때문입니다. 이제 보니 거의 반년 이상 모아놓은 원고료를 한순간에 옷 가게에 다 주고 말았습니다.

그런데도 내 것을 사 입을 때와는 전혀 다른 느낌이 나를 감쌌습니다. 내가 아끼는 것을 자식에게 줄 수 있어서 행복하다는 느낌이 컸습니다. 문득 저 아이가 네 살 때 시장으로 옷을 사주러 갔을 때가 생각났습니다. 그때 아들은 세 살배기였는데, 날마다 누나와 단 둘이 노느라 절반은 여자 아이처럼 행동할 때였습니다. 옷가게에서 누나 옷을 사 입히고 아들 녀석의 바지를 입히는 순간,

"엄마, 싫어. 나도 누나처럼 예쁜 옷 사줘!"

"아니, 넌 남자잖아. 남자 아이는 저런 치마 입지 않는 거야."

"싫어. 나도 이쁜 치마 입을래."

말이 안 통하는 세 살배기 아들 때문에 딸아이의 원피스를 하나 더 사서 아들에게 입혀서 데리고 나오니 시장 아줌마들이 손뼉을

치며 깔깔대고 웃던 생각이 났습니다. 아들도 곁에 있으면 이렇게 설빔을 사 줄 텐데…. 전방부대에 있는 아들이 딸아이 곁에 서 있으면 참 좋겠다는 생각을 했습니다.

돌아오는 길에 딸아이에게 부탁 아닌 부탁을 했습니다.

"지선아, 나중에 엄마가 혹시 치매에 걸려서 네게 의지하면 더럽다고 내치지 말고 옆에서 지켜줄 거지?"

"아니, 엄마도 참. 엄마는 책을 많이 보고 글도 쓰시니 치매 같은 건 오지 않을 거야. 걱정하지 말아요."

"사람 일은 아무도 몰라. 누가 그걸 장담하겠니?"

이제 보니 나도 늙어 가고 있다는 걸 자신도 모르게 고백하는 순간이었습니다.

내가 뿌린 자식들이 홀로서기에 성공하고 있는 지금, 그들이 내 곁에서 자립하는 순간들이 이렇게 빨리 올 줄 모르고 달려와 버린 시간이 저만치 뒤에 서 있었습니다. 맘에 드는 옷을 받아들고 좋아서 어쩔 줄 모르는 딸아이의 모습 뒤로 다시 먼저 가신 어머님 모습이 그려졌습니다. 멋쟁이셨던 친정어머님이 내 월급날 옷을 고르러 가자하면 못 이긴 척 따라오셔서 연신 좋아하시던 모습이 눈에 밟혔습니다. 처녀 시절 월급날이면 친정아버지 손에 쥐어드리던 지폐 몇 장, 어머니 손에 안겨드리던 생활비를 드릴 때 느끼던 뿌듯함을 오늘 다시 딸아이에게 느꼈으니, 세월은 흘러도 사는 모습은 별반 차이가 없는 모양입니다.

이제는 작은 글씨를 힘들게 봐야 하는 나이에 새삼스럽게 다시 공부를 한다며 책과 씨름하는 요즈음의 내 모습이 마치 눈 오는 날에 이파리를 가득 달고 서 있는 소나무처럼 무거워 보입니다. 그래도 살아 있음이 감사하니 살아 있는 동안만은 책을 보고 글을 쓰는 이 일을 결코 버릴 수 없을 만큼 사랑하니, 어찌합니까?

옷을 입는 것보다 더 좋은 이 일을! 오늘은 우리 집의 허가 낸 도둑(?) 때문에 즐거운 하루였습니다.

물 같은 사람

　내 남편의 별명은 '물 같은 사람'이다. 그를 만나 사귄 지 5년 만에 결혼을 하고 결혼한 지 벌써 25년을 보냈으니, 그와 함께 한 삶의 시간표는 결코 짧은 세월이 아니다. 그래도 나는 남편에게 질리지 않고 살고 있다. 그것은 어쩌면 그의 성품에서 비롯하는지도 모른다. 그의 별명이 물이 아니라 불같은 사람이거나 달콤한 사탕 같은 사람이었다면 벌써 타서 재가 되어 버렸거나 단맛에 질려 버렸을 거라고 생각한다.

　항상 그 자리에 있어서 그 소중함을 모르고 사는 물처럼, 특별하게 맛을 낼 줄도 모르는 무미건조함, 있는 듯 없는 듯하면서도 없어서는 안 될 '물 같은 사람' 덕분에 지천명을 넘긴 나이에 가까우면서도 결혼 생활이 지겹다거나 남편에게 싫증을 느끼지 않으며 살고 있다. 오히려 물처럼 맑고 천성이 착한 그로 인해서 메마르지 않는 삶을 살고 있는지도 모른다.

　슬픈 드라마를 보면서 몰래 눈물을 훔치는 인간적인 모습, 검소하고 담백한 생활태도는 때로는 재미없고 무미건조해 보이지만 맛을 낸 음료수보다는 깔끔한 지하수 같은 신선함으로 질리지 않게 하는 사람. 아내의 생일에 선물을 챙긴다거나, 결혼기념일에 따스한 말 한마디도 건네지 못하는 무뚝뚝한 남편의 모습이 서운하여 홀로 눈물짓던 긴 시간이 물처럼 지나 버렸다. 두 아이가 대학생이 되고 이젠 친구처럼 사는 부부 사이는 어쩌면 물 같은 삶이다.

그저 그 자리에 있어서 든든하게 된 우리, 가슴 설레는 일도 없고 크게 실망할 그 무엇도 없는 탓이다. 지극히 평범한 일상의 삶이 물처럼 흘러가고 있다. 아이들이 자라 부모 곁을 떠나가고 난 뒤 가라앉았던 집안 분위기는 시간이 흐른 뒤에야 정화되어 다시 맑아진 물이 되었다. 아이들의 시간은 이제 흘러간 물이 되어 우리 부부 곁에 없다. 추억만 남긴 채 영상으로 남았다. 그래도 순환하는 물처럼 수증기로, 다시 비로, 함박눈으로 우리 곁에 돌아올 시간을 그립게 기다리며 산다.

우리 아이들도 또 다른 물의 모습을 안고 부모 곁으로 돌아오리라. 연어가 강물을 거슬러 오르며 태초의 시간을 찾아 험난한 귀향을 서두르듯이. 부모의 모습을 그리며 다시 부모처럼 살아가는 모습은 어쩌면 물의 속성을 닮았다. 끝없이 윤회하는 삶의 모습은 물로부터 비롯되었으리라. 생명체의 대부분을 이루는 물의 속성, 생명의 근원을 이루는 물. 자정능력을 지닌 위대한 속성으로 인해 세상을 이루고 하늘을 우러르며 긴 기다림을 사랑하는 일. 어쩌면 그것은 끝없는 내리사랑으로 지켜 온 부모의 지순한 사랑의 힘과 같지 않을까?

항상 순리대로 흐르며 거스를 줄 모르는 물, 행운에 감사하고 불운에 겸허하게 휘돌아갈 줄 아는 물, 날카로움도 부드럽게 감싸 안아 다독일 줄 아는 물의 매력, 낮은 데서 높은 곳으로 기를 쓰고 기어오르기보다는 낮은 곳에서 오는 겸허함이 좋아졌다. 어느 자리에나 말없이 필요한 조용함을 사랑하고 싶다.

　나는 물을 사랑한다. 물 같은 남편을 깊이 사랑한다. 주일이면 낮은 자리에서 겸허하게 말씀을 받아 드는 삶을 사랑한다. 이제 나만의 삶으로, 우리 가족만의 생수가 아닌 이웃과 함께할 수 있는 자리까지 사랑하고 싶다.

　벌써 여름이 다가서고 있다. 산과 계곡, 푸른 바다를 동경하며 너나없이 떠나기를 좋아하는 계절이어도 산처럼 든든하게 그늘을 드리운 물 같은 사람이 곁에 있기에 늘 시원한 것을 나만의 피서로 행복해하며 이 여름을 기꺼이 보내리라.

젊은 날의 고생은 먼 후일 추억이 된단다

"엄마, 오실 때 책 좀 사다 주세요."

"엄마, 과일을 한 상자 가져오세요. 소대원들에게 주게요."

면회 날짜를 잡은 아들은 거의 매일 수신자 부담 전화로 주문하느라 즐거워했다. 덕분에 나는 날마다 듣는 아들 목소리에 일희일비한다.

총기난사 사건으로 두근대던 가슴, 임진강에서 익사한 군인들 이야기도 모두 아들이 복무하는 주변 부대 이야기였다. 그러니 아무래도 내 눈으로 아들을 보고 와야 안정을 찾을 것 같아서 남편의 휴가 계획을 그 쪽으로 돌렸다. 아들이 원하는 간식과 준비물들을 챙기고 이른 아침 전방 부대로 향했던 남편과 딸, 그리고 나는 설렘을 안고 광주에서 임진각까지 먼 길을 나섰다.

무더운 날씨에도 아들을 본다는 기쁨 때문에 밤잠도 설친 채, 고속버스 속에서 부족한 잠을 때웠다. 외출도 안 되는 곳에 근무하는 아들을 몇 시간 만나기 위해 면회를 가며 옛날 일들이 떠올랐다.

남편이 최전방 부대로 입대한 한 달 동안 거의 날마다 눈물을 흘렸던 1980년대. 불안한 국내 정치사정으로 혼미했던 그 시절, 하마터면 5.18 광주 진압군으로 출병할 뻔했다던 절박한 때 입대한 남편. 남편이 근무한 최전방 부대에 다시 아들이 입대했으니, 내 가슴은 늘 떨렸다. 어쩌다 어두운 목소리로 전화라도 하는 날이면 몇 날 며칠을 우울하게 보내곤 했다. 일 속에 묻혀서 잠시 잊었다가도 어김없이 생각나는 아들 모습에 남몰래 눈물을 찍어내는 어쩔 수 없는 대한민국의 엄마.

먼 길이라 자동차 대신 대중교통을 이용하다보니 가지고 가는 짐 때문에 진땀을 흘리면서도 한 가지라도 더 먹일 욕심으로 가짓수가 불어나서 물건을 잃어버리기도 했던 첫 번째 면회 때의 실수를 하지 않으려고 몇 번씩이나 확인하기도 했다.

정오를 넘겨 부대에 들어가니 아침밥도 거른 채 우리를 기다리고 서 있는 아들의 모습이 눈에 얼른 들어왔다. 뭐든 서둘러 먹게 하려고 반가운 포옹도 미루고 그늘을 찾아 음식을 펼쳤다. 너무 기다리느라 며칠을 설렌 아들은 막상 음식 앞에선, 제대로 먹지도 못하는 것 같았다. 기다림에 아침도 거른 탓인지 얼마 먹지도 못하고 배가 아프다는 아들 때문에 마음이 아팠다.

좋아하는 간식거리만 챙기고 밥을 준비하지 못한 내 실수에 너무 속이 상하고, 뜨거운 햇볕 아래서 그늘을 찾았지만 땀으로 목욕을 했다. 선풍기 한 대도 준비되지 않은 면회. 에어컨은커녕 면회실조차 준비되지 않아서 나무 그늘을 찾았지만 바람 한 점 없는 한 낮의 기온은 모두를 지치게 했다.

매복과 수색으로, 더위와 모기에게 시달려서인지 제법 살이 올랐던 지난번 휴가 때보다 더 살이 빠진 아들의 모습에 마음이 아렸다. 더워서 밤잠을 이루지 못하니 그럴 수밖에 없으리라. 십여

명 이상이 좁은 내무반에서 선풍기 한두 대로 한여름 밤을 지새우니 오직 더울까? 찌는 날씨에 수색을 하고 밤과 친구하며 고독한 매복에 젊음을 보내는 아들의 시간이 참으로 아까웠다.

외출도 허락되지 않으며, 그나마 지난번 총기 난사 사고의 여파로 더욱 강화된 면회 수칙으로 소대 친구들조차 나오지 못했다. 친구들이 나올까봐 많이 준비해 간 음식이 아까웠다. 같이 고생하는 젊은이들에게 어울려서 즐겁게 먹고 담소하던 모습을 보고 싶었는데….

겨우 네 시간이 허락된 만남이었지만 모두 다 더워서 어쩔 줄을 몰랐다. 날마다 그렇게 사는 아들 앞에서 덥다고 투정하는 게 미안했다. 그래도 사들고 간 책이 마음에 든다며 연신 좋아하는 녀석의 모습이 그나마 위안이 되었다.

돌아오는 군용차에 몸을 실으며 먼저 들어가라고 손짓하는 남편의 눈가에 스치는 물기를 보며 크게 한숨을 쉬고 눈물을 감추며 돌아선 헤어짐의 시간. 돌아오는 버스 속에서 세찬 빗줄기를 보며 그래도 감사했다. 만나는 시간이라도 비가 오지 않아서 얼마나 다행인가? 그리고 이렇게 아들을 볼 수 있는 우리는 얼마나 행복한가?

다시금 아들을 먼저 보낸 엄마들의 통곡소리가 귓가를 맴돌았다. 누가 이 아픈 이별의 시간들을 빨리 청산해 줄까? 언제쯤 통일이 되어 이 땅에 슬픈 눈물을 지울까?

집에 돌아오니 밤 11시가 넘었다. 짐을 정리하고 잠자리에 들어서도 잠이 오지 않고 낮 동안 참았던 눈물이 한없이 흘러 남편에게 들키지 않으려고 애를 썼다. 가족이 온다는 설렘에 아침도 안 먹은 아이에게 좋아하는 과일과 간식만 가져갔으니 뱃속이 편치 않아 화장실을 들락거리던 모습이 마음에 걸려 안쓰럽고 미련

한 내가 원망스러워서 또 울었다.

아직도 200일이나 남은 군 생활. '아들아, 그래도 힘을 내거라. 젊은 날의 고생은 사서도 한단다. 먼 후일 오늘의 고통이 너를 세워주는 기둥이 될 테니 할 수만 있다면 긍정적이고 적극적인 마음가짐으로 시간을 즐기거라.'

총기난사 사건으로, 군대 내 사고로 자식을 잃은 어머니들을 위로하며 이 땅에 행복한 통일의 그날이 빨리 올 수 있기를 간절히 바라는 마음으로 글을 올립니다. 어려움 속에서도 묵묵히 군인의 임무를 잘 해내고 있는 이 땅의 자랑스러운 아들들에게 신의 가호를 빕니다.

아가! 좀 천천히 달리렴

　나를 움직인 한마디는 무엇이었을까? 사춘기가 시작되던 초등학교 5학년 때 담임선생님의 '아는 것이 힘이다. 열심히 공부하면 가난해도 길이 보인다' 는 말씀이었을 것이다. 주경야독의 길을 걸으며 살았던 청년기에는 성경의 잠언들이 나를 비추는 등불 역할을 해주었으니 사람보다는 책에서 얻은 영감들이 나에게 힘을 주었다.

　다른 사람들의 냉대로 삶이 힘들 때마다 나에게 주문을 걸곤 했던 문장들은 가족과 친구를 대신해 주곤 했었다. 가까이는 소로우의 〈월든〉에서 '원의 중심에서 몇 개라도 반경을 그을 수 있듯이 길은 얼마든지 있다' 는 한마디는 나를 각성시켜 주는 문장이었다.

　특히, 가장 힘들었던 일은 몸 고생보다 마음고생을 하던 때였다. 30여 년 전 서울에서 일을 할 때 도둑의 누명을 쓰고 한 달 가까이 절망 속에서 일할 때 만났던 문장을 나는 아직도 기억하고 있다. '광선은 비록 더러운 곳을 통과할지라도 오염되지는 않는다'는 성 아우구스티누스의 외침은 그대로 나를 안심시켜 의연하게 살 수 있는 백만 대군의 원군이 되어 심장에 꽂혀 내게 힘을 주었던 것이다. 한 달 뒤에 범인이 내가 아니라 사장 집 가족이었음이 밝혀졌을 때도 원망하지 않고 용서할 수 있었던 마음의 여유는 바로 그 문장에서 비롯되었으니 책은 내 인생에서 늘 스승이었다.

사람에게 실망할 때 입버릇처럼 성경 구절을 떠올리면 이내 마음이 가라앉곤 한다. '코로 숨 쉬는 인간에게 무엇을 기대할 것인가?' 또는, 일터에서 인간관계 때문에 절망할 때에도 세상에서 만나는 사람들 중 80%는 내가 싫어하는 사람이며 하루 중에 걸려오는 이동전화의 80%는 만나고 싶은 사람 20%에게서 걸려온다는 통계를 떠올리며 스스로를 위로하곤 한다.

지천명의 나이에도 불구하고 상처를 잘 받는 내 마음은 아직도 어른이 되지 못했나 보다. 육신의 나이는 내리막길로 접어들어 내달리기 바쁜데 철없는 마음은 아직도 세상에 익숙하지 못해서 작은 일에 주춤거리고 뒤돌아보며 사람 만나기를 두려워한다. 사람보다 강아지나 고양이를 더 좋아하는 퇴행성 심리가 아닌가 하고 스스로 걱정하기도 한다.

대학생인 두 남매가 군대에 가고 직장에 나갈 만큼 자랐건만 나는 아직도 친부모님과 시부모님이 다 안 계셔서 설날이 주는 서늘한 서글픔을 이기지 못하고 며칠째 우울했다. 시간을 보내기 위해 책 속으로 도피하거나 부엌살림을 정리하고 냉장고를 청소하며 피곤할 정도로 나를 혹사시켰다.

원하는 학업의 길을 제대로 갈 수 없어 힘들 때에도 좌절할 시간마저 아까워하며 잠자는 시간까지 재며 살기 위해 달렸는데, 이제 배고픔을 해결하고 제 속도를 내며 안정적인 걸음걸이로 걷고 있는 인생의 도로에서 만난 장애물이 바로 나 자신임을 깨닫고 있는 것이다. 사람들은 이걸 가리켜서 중년의 빈 둥우리 증후군이라고 하거나 우울증의 시초라고 말하기도 한다.

오늘 아침, 직장에 출근하는 딸아이가 늦었다고 투덜대면서도 이 옷 저 옷 입어 보며 식사시간까지 아끼는 모습을 보며 생각이 교차했다. 처음 가진 직장에서 일을 배우느라 야근을 하며 자정에야 잠자리에 든 녀석이 안쓰러워 최대한 잠을 많이 자도록 시간에 딱 맞게 깨워준 어미의 속도 모르고 투덜대다니.

'깨죽 한 컵 마시렴. 엄마가 얼른 차로 데려다줄 테니 어서 챙겨라.'

이제 한 달 후면 저 아이를 두고 남편의 직장을 따라 멀리 강진으로 부임지를 옮길 것이니 출근하는 녀석에게 아침밥조차 챙겨줄 수 없는 내 마음은 다시 아파온다. 저 아이에게 아침밥을 제대로 먹이며 키운 기억이 별로 없다고 생각하니 다시 애꿎은 눈물샘만 자극하고 말았다. 1년 이상 홀로 끼니를 해결하며 나를 기다려 온 나이든 남편과 직장으로 출근하는 딸아이를 생각하며 나는 처음으로 복제인간을 꿈꾸었다. 나를 복사하여 원본은 남편 곁에 두고 복사본은 딸아이 곁에 두었으면 좋겠다는 유치원 아이 같은 생각을!

내 마음 속에서는 다른 말이 나오려다 말고 안에서만 웅얼였다.

'아가야! 그렇게 달리고 살아봐도 인생에 남는 것은 별로 없더구나. 아니, 생존을 위해서는 그렇게 치열한 시간을, 아까운 시간을 다 바치지 않아도 된단다. 앞만 보고 그렇게 달려온 엄마처럼 살지 말고 너 자신을 위해 시간을 가졌으면 좋겠구나. 생활을 위해서 네 젊음을 송두리째 보내는 게 안타까워서 그런단다. 인생에 꼭 필요한 것들은 그렇게 많이 필요하지 않단다.'

세월이 지나고 보니 생존만을 위해 살았으며 삶 자체를 위해, 나 자신이 원하는 것을 위해서는 뜨겁게 살아보지 못했음을 깨달은 것이다. 내가 살아온 길을 아무런 의심도 없이, 그것이 최선의 길인 양 질문도 하지 않고 달려갈 딸아이의 시간이 아까워졌다. 아마 그도 나처럼 실컷 달리고 난 다음에나 나처럼 안개를 벗어났을 때쯤이면 시간이 아깝다고 말할지 모른다.

　좀 더 많이 산들을 바라보고 냇물 소리를 들으며 강아지나 고양이와 더 눈을 맞추며 아기들의 맑은 웃음소리를 들을 수 있기를, 해넘이를 보고 달님을 맞으며 자신의 내적 언어에 좀 더 예민하게 두 귀를 세울 수 있기를, 입과 몸의 만족보다 영혼의 키를 높이는 데 마음을 쓰며 살 수 있기를! 아가! 좀 천천히 달리렴. 목적지에 빨리 가려고 달리다 보면 아름다운 풍경을 너무 많이 놓치거나 아예 볼 수 없으니 말이다. 친구를 많이 만들어라. 특히, 자연의 친구들을 더 소중히 하였으면 참 좋겠구나.

영화 '챔프' 와 그 남자

25년 전 6월, 그날도 오늘처럼 비가 오던 여름이었다. 그를 만난다는 설렘에 이른 아침부터 김밥을 준비하고 한껏 단장을 한 나는 서둘러 약속 장소인 장성터미널로 향했다. 그는 분명히 9시에 출발하는 백양사행 버스라고 했다. 그런데 운명의 장난인지 9시 5분에 도착해 보니 버스도 없고 그 사람도 보이지 않았다. 설마 내가 오지 않았는데 혼자서 버스를 탔을 리는 만무해서 그를 기다리기로 했는데, 한 시간이 넘어도 그 사람은 보이질 않았다. 생각다 못한 나는 그가 아르바이트하고 있는 광주로 전화를 했다. 어찌 된 영문인지 몰라 광주로 가서 그를 만나기로 했다. 나를 만나러 나온 그의 모습은 아무리 봐도 데이트 차림이 아니었다. 소박하다 못해 털털한 복장으로 나온 그의 모습이 반가우면서도 한편으로는 무척 섭섭했다.

아르바이트를 하며 대학을 다니는 가난한 대학생과 부모님을 모시느라 일찍 취직을 했던 우리 둘은 참 멋없는 데이트를 하곤 했었던 그즈음. 6월 중순의 여름 낮에 만났으니 가방 속의 김밥은 이미 쉬었을 테고 비도 오니 영화나 한 편 보고 싶었는데, 그는 하던 일이 남았다며 들어가야 한다고 했다. 쉬어서 못 먹게 된 김밥은 버리고 혼자서 극장을 찾을 용기는 어디서 났을까? 그 사람만큼이나 무뚝뚝한 빌리(존 보이트)와 그를 떠난 애니(페이 더나웨이) 사이에서 아들 티제이(리키 슈로더)가 주인공인 '챔프'를 보게 된 것이다. 그것도 비 오는 날에 바람을 맞고 혼자서, 비련의 주인공처럼⋯. 아들을 위해 방탕한 생활을 접고 다시 복싱에 매달리는 빌리의 처절한 몸부림으로 죽을힘을 다해 복귀전을 치르지만, 빌리는 티제이를 남겨 두고 링에서 내려와 죽음을 맞이하고 만다.

하필이면 그렇게 아픈 영화를 보았을까? 기대가 너무 컸던 만큼 어처구니없게 끝나 버린 우리들의 데이트. 그날 나는 아버지 빌리를 잃고 처절하게 울던 티제이보다 더 울었다. 지금 생각하면 그 남자(지금의 남편)는 그날 장성으로 오지도 않았는지 모른다. 지금도 가끔 그날 일을 물어 보면, "당신이 시간 약속을 지키지 않아 그대로 광주로 다시 와 버렸어. 어떻게 시간 약속 하나 지키지 못하면서 평생을 약속할 수 있겠어?" 하며 오히려 화를 내던 그 남자가 너무 섭섭하면서도 첫눈에 반했으니 그래도 좋아했던 철없던 처녀 시절. 영화 '챔프' 곁에는 쉬어 터진 김밥과 어두운 극장에서 혼자 울던 한 처녀가 거기 서 있다.

오늘도 어김없이 비가 많이 온다. 오늘은 기어이 따져 보아야 겠다. 그날 정말로 약속 장소에 오지 않았다는 증거를 조목조목 들이대며 미안하다는 사과를 받아 내고야 말겠다. 이 글을 쓰다 보니 그가 그날 오지 못했다는 증거가 잡힌다. 25년 전 해묵은 밭을 들쑤셔서 오랫만에 부부 싸움 한번 찐하게(?) 해야겠다. 늙어 가다 보니 이래저래 짠하다고 봐주게 되어 부부 싸움 할 일도 없는 요즘. 칼로 물 베는 맛을 잊은 지 너무 오래 되었으니 말이다. 요사이는 우리가 부부인지 친구 사이인지 구분이 안 가기 때문이다. 오늘은 그날 흘린 내 눈물만큼 울려 줘야겠다. 6월이 가기 전에. '여보, 오늘은 당신이 울 차례야!'

다시 일상으로 돌아오다

　여든넷의 시모님을 저세상으로 보내고, 그것도 당신이 원해서 납골당에 모시고 온 길. 가로세로 한 뼘 반의 칸 속에 유골이 안치될 자리를 홀로 만지며 망연히 흐르던 눈물을 어쩌지 못해서 영락공원 벤치에서 마알간 가을 하늘을 보며 해답 없는 질문을 했다.

　'삶은 무엇인가!'

　시어머님을 위해 목사님을 모시고 하나님의 나라에 가실 그 영혼을 위한 예배를 마음 깊이 받아들이면서도 기쁘게 보내 드릴 수 없었다. 그분이 가시는 길이 곧 내가 가야 할 삶의 종점이라 여겨졌기 때문이다. 한 줌의 재로 지상에 뿌려지든지, 유택을 지어 지상에 남든지, 어떤 형태로든지 유한한 삶의 공간과 시간 속에서 모두들 치열한 삶을 살아가는 모습들이 측은하고 아팠다. 극히 시한부 인생을 살면서도 우리 모두는 영원을 살 것처럼 자신과 남을 학대하고 부를 축적하기 위해, 뭔가를 얻기 위해 날마다 바쁘다.

잠에 드는 시간이 행복한 휴식이라면 영면에 드는 시간도 참 행복할 거라는 생각을 하곤 한다. 행복한 잠은 낮 동안 부지런히, 그리고 보람된 일을 했을 때 더욱 달콤하다. 우리 시어머님은 살아생전 여자로서 생산을 못 해 본 분이시다. 환갑을 바라보는 나이에 시아버님과 재혼하여 27년 동안 가난한 농부의 아내로서 7남매의 어머니 노릇을 충실히 하신 분이다. 그럼에도 그분이 가시는 길은 가을 단풍처럼 곱고 아름다우셨으며 석양의 아름다운 노을을 방불케 했다. 화사한 국화 꽃밭 속에 혼례식장처럼 북적이던 문상객의 애도를 받으시며 지상의 나들이를 끝내셨으니….

한 사람의 삶은 그가 찍은 마침표의 순간에 다 보이는 것인지도 모른다. 단풍의 계절에 한순간에 화르르 옷을 벗어 버린 은행나무처럼 지상의 옷을 벗어 버린 무소유로 서서 원초적 그리움의 언덕을 걸으시며 두고 온 자식들과 손자, 손녀들을 위해 기도하시리라.

교육청 독서토론을 맡은 사회자로서 특별휴가를 반납하고 학교로 돌아왔지만 허공에 뜬 것처럼 마음이 안정되지 않은 하루를 어렵사리 마쳤다. 아이들과의 약속은 어른들의 그것보다 더 조심스럽기에 일상에 임했지만, 그런 내 모습조차 서글퍼지는 것은 어쩔 수 없어 글쇠판에 의지하여 마음을 달래는 밤. 이제 며칠 후면 피아골을 불타게 하던 저 단풍나무도, 노란 등을 켠 교정의 은행나무도 시원스레 옷을 벗고 말리라. 그리고는 빈 가지로 서서 무욕의 시원함에 겨울을 기다리는 노래를 부르며 나를 부끄럽게 하리라. '너의 옷은 아직도 칙칙하여 무겁고 욕심은 한여름이니 계절도 모르는 불쌍한 인생이라' 며 나를 채근하리라.

그래서 이번 가을엔 겉옷만이라도 덜 소유하며 나를 가볍게 하려고 옷가게에도 들어가지 않았다. 마음의 옷가지도 정리하지 못하고 겨울로 가는데, 겉옷으로부터라도 자유로워지고 싶어서이다. '사람은 옛사람이 좋고 물건은 새것이 좋다'는 말처럼 한번 집에 들어온 옷가지는 처음에는 손님이었다가 나중에는 주인 노릇을 해 댄다. 그것들을 챙기고 간수하는 일이 얼마나 피곤한가. 때론 한 벌 옷으로 평생을 사는 동물들이 부럽다는 생각조차 하게 된다. 어쩌면 인간은 옷을 입는 순간부터 고달픈 삶이 전개되었는지도 모른다. 태어나는 순간부터 배내옷을 챙겨 입고, 죽음의 순간까지 수의를 걸치며 옷으로 치장하는 삶!

해마다 같은 빛깔의 옷을 입어도 곱고 아름다운 옻나무, 샛노란 은행나무의 깨끗함, 작은 손이 앙증맞은 단풍나무의 불타는 모습은 '떠나는 모습은 그렇게 황홀해야 함'을 가르친다. 그래서 자연을 말없는 스승이라고 하지 않던가? 오늘밤은 달님도 없다, 마치 내 마음처럼. 이 어둠이 가면 다시 새벽달이 예쁜 모습으로 떠오르리라. 낙엽이 지고 난 자리에 어김없이 새순이 돋아나 새봄을 노래하듯이. 어머님이 가신 자리에서 우리 조카들과 손자들이 무리지어 뛰놀던 것처럼.

돌아보면 힘들어하는 사람들이 너무 많은 현실이 아프다. 그래도 절망보다는 희망을 갖자. '시련은 평범한 사람을 특별한 사람으로 만든다'는 폴 제퍼스의 말처럼 우리들은 시련 속에서도 한 줄기 희망을 보려는 도수 높은 안경을 끼고 긴 밤 뒤에 어김없이 찾아올 새벽별과 태양을 기다리자. 세상에 끝은 없다. 그것은 늘 새로운 시작의 또 다른 이름이기 때문이다.

이렇게 비가 오는 날에는

오늘은 다른 날보다 조금 일찍 사택에 들어왔다. 마음 편하게
책을 보고 싶어서이다. 계곡을 타고 흐르는 냇물이 벌써 봄을 가
로지르고 있다. 귀를 대고 누우면 물 흘러가는 소리가 나직이 들
린다.

다시 새로운 아이들을 만나 시작한 지 석 달. 변함없이 그 자리
에 서서 아이들을 보내고 맞는 교실. 시간은 거기 서 있는데 나만
세월 따라 흘러왔나 보다. 이렇게 자작거리는 비가 오는 밤이면
흘러온 시간 속에 보내 버린 그리움, 아쉬움들이 살아 오른다. 비
오는 날, 음악을 들으며 행복한 책 읽기를 시작한다.

갑자기 돌아가신 아버지, 어머니가 곁에 계신다면 얼마나 좋을
까를 생각하니 눈물이 돈다. 같은 이불 속에 발을 묻고 장난치고
싶은 그런 마음. 내가 모는 자가용 한 번 타 보신 적 없고, 그럴 듯
한 생일상 한 번 차려 드리지 못했던 가난했던 부모님의 모습이
아픔으로 다가선다.

손잡고 여행시켜 드린 적도 없고, 멋있는 식당에도 모신 적 없

다. 20년도 더 지난 옛적, 월세방에서 가난한 신혼살림을 차린 나는 부모님의 생활비를 대는 것만으로 자식 노릇을 겨우 할 수 있었던 가난한 딸이었다.

여자는 결혼하면 스스로 생일상을 못 차린다며 가난한 살림에도 꼬박꼬박 호박떡을 해 주신 어머니. 병고에 시달리다 환갑도 지내지 못한 채 이승의 문턱을 넘으신 어머니. 생일이면 그 어머니가 빚어 주신 호박떡의 단맛을 입 안에서 되새김하곤 했다. 세월이 흘러도 그리움의 빛은 바래지도 않나 보다. 오히려 눈물주머니만 커지는가 보다.

시간을 되돌릴 수만 있다면 가장 하고 싶은 일이 친정 부모님을 모시고 여행을 가서 온천에서, 식당에서 우리 남편, 아이들과 정담을 나누는 것. 아! 참 행복하겠다. 창밖에도 비가 오는 데 내 얼굴에도 비가 온다. 그리움의 비가….

그리운 아버지, 불쌍한 어머니! 내 생일이 지난 것도 모르다가 딸아이가 사 온 생일 케이크와 선물, 축하 카드로 행복했던 밤. '엄마처럼 살고 싶다' 는 그 말! 그 어떤 선물보다도 감사했다. 앞만 보고 달리느라 딸아이의 손을 잡고 달려 준 적 없는 어미의 삶을 곱게 봐 준 딸을 위해서라도 더 결 고운 미덕으로 주름을 만들어 가고 싶다.

'행복의 열쇠는 금고를 여는 구멍과 맞지 않고 마음을 여는 구멍과 맞는다' 고 한 정채봉 님의 가슴에 닿는 한 마디를 되새김하며, 우리 딸아이에게 행복의 열쇠를 남겨 줄 수 있는 어미가 될 수 있기를 생각하며, 그리움의 잔을 내려놓는다.

사랑하는 아들에게

아들아, 너는 지금 이 순간에도 최전방 비무장지대의 어느 산길에서 사나운 모기들에게 살을 뜯기며 졸린 눈을 비벼 가며 총대를 메고 서 있겠구나. 오늘처럼 슬픈 날에는 길을 가다 만나는 얼룩무늬 군복만 보아도 너인 듯하고, 내 살을 무는 모기들에게 너 대신 나를 물어 달라고 부탁한단다. 아니, 숨을 쉬고 사는 이 순간이 너무 슬프구나. 내 아들이 유명을 달리한 것도 아닌데 주체할 수 없는 눈물을 어쩌지 못해 네게 그리움의 편지를 쓰는구나.

이제 보니 그 아들들은 결코 '타인'이 아니었나 보다. 타인이란 아직 만나지 못한 가족이라고 했던 미치 앨봄의 목소리를 이제야 이해할 수 있게 되었구나. 우리 모두는 하나의 끈으로 얽힌 보이지 않는 인연의 고리들이었기에 한 번도 본 적 없는 그 아들들의 죽음 앞에 이렇게 슬픈 거겠지?

사랑하는 아들아! 아픔과 고통은 시간이 가면 먼 후일 아름다운 옹이가 되어 고운 무늬로 새롭게 태어나곤 한단다. 상병인 네 선임들이 행여 서운한 말을 하더라도, 혹시 오해 때문에 네게 참기

어려운 말을 하더라도 잘 삭혀 들을 수 있는 좋은 귀를 가져라. 역지사지의 심정으로 한 발짝만 뒤로 물러서서 그럴 수밖에 없는 상황임을 조금만 이해해 보거라. 위선이나 가식이 통하지 않는, 어쩌면 동물적인 직감이 책으로 배우는 공부보다 우선일지도 모르는 그곳에서 네 자신의 한계와 정신의 깊이를 재 볼 수 있는 극기와 인내심으로 네 정신의 무게를 달아 보도록 하면 안 되겠니?

너만이라도 너를 힘들게 했던 선임들의 모습을 후배들에게 투사하지 않는, 악순환의 고리를 끊을 수 있는 멋진 군인이 되기를 이 어미는 간절히 바라고 싶구나. 받은 만큼 되돌려 주는 방법으로는 아무것도 얻을 수 없으며 어떤 발전도 기대할 수 없음을 잊지 말았으면 좋겠구나. 아픔을 이기지 않고는, 복수의 칼을 버리지 않고는 오늘처럼 슬픈 소식을 들을까 봐 마음 저리는 어버이들이 눈물로 지새울 날이 얼마나 많겠니?

먼 후일, 지금의 고통과 힘듦을 추억처럼 반추하는 날이 오리니 현명하게, 지혜롭게, 너그럽게 네게 주어진 시간을 용해시키며 돌아오는 그날까지 자신을 이기기를 간절히, 간절히 비노라.

- 총기 난사 사건으로 가슴 떨리는 슬픔과 아픔에 잠 못 이루는
너의 엄마가 -

아프게 키운 자식이 바르게 선다

　요즘은 퇴근 후 군대에 간 아들 녀석의 전화를 기다리는 작은 재미를 즐긴다. 군대의 근무조건이 좋아져서 수신자 부담 전화로 아들의 목소리를 들을 수 있기 때문이다. 장교로 군 생활을 한 아빠의 뒤를 이어 달라는 간곡한 부탁에도 불구하고 자기 인생이니 자기가 결정한다며, 대학 1학년을 마치자마자 현역병 지원을 하더니 전방 부대로 배치를 받은 것이다. 그것도 행정병 지원을 마다하고 비무장지대를 수색한다는 말에 얼마나 가슴을 졸였는지 모른다. 한 달이 넘도록 연락이 오지 않으면 온 신경이 전화통에 걸려 있곤 했다. 자식을 둔 부모는 늘 죄인이라 했던가? 죄를 지은 것도 아닌데 늘 조마조마하고 매사에 더 신중해지며 말 한마디에도 조심을 하곤 했다. 행여나 내 작은 잘못으로 인해 아들에게 불똥이 튈까 봐 개미 한 마리라도 죽이기보다는 멀리 내다 놓곤 했다.

　군에 입대하던 날, 우리 집에선 아무도 아들 녀석을 배웅해 주지 못했다. 직장을 비우지 못하는 부모와 대학을 빠지지 못하는 누나 때문이다. 남들은 식구대로 따라가서 서운하지 않게 해 준다는데, 나는 군 입대 날이 새 학기 첫날이어서 더욱 학교를 비우는 연가를 신청할 수 없었다. 그 일이 내내 미안하고 마음 아파서 혼자 눈물짓곤 했다. 이제야 새삼스럽게 아들 곁에 있어 주지 못한 그 많은 시간들이 나를 괴롭혔다. 유치원은 물론 초등학교 입학식에서부터 고등학교 졸업식, 대학 입학식은 물론 학부형 회의에 단 한 번 가 준 적 없는 엄마. 운동회건 소풍이건 혼자 다니는 게 기본이었고, 어쩌다가 비가 와도 쫄쫄 다 맞고 와서 혼자 옷을 갈아입어야 했던 아들 녀석의 유년이 다시금 살아나 시련에 우는 여인처럼 수건을 적셔야 했다.

돌이켜 보면 자식의 중요한 순간마다 곁에서 마음 아파하고 함께 기뻐해 주지 못한 그 공백이 너무 커서 일하는 엄마로서 정체감에 시달리곤 했었다. 가끔은 연가를 내서라도 아들 곁에 있어 줄 수도 있었을 텐데 어쩌면 그리도 꼭 막힌 엄마였을까? 힘들게 고등학교를 마치고 좋아하는 대학에 원서를 쓸 때조차도 학부모 상담도 거치지 않고 혼자서 진로를 결정한 것은 딸아이도 마찬가지였다. 남매가 고등학교를 졸업할 때까지 얼굴을 아는 담임선생님이 없다면 나는 계모 소리를 들어야 마땅하리라. 아이들의 중요한 순간마다 나는 이렇게 아이들에게 매몰찬 홀로 서기를 강요해 왔다.

"자신의 인생은 자신이 책임지는 거란다. 엄마에겐 엄마의 인생이 있듯이 너희들의 인생도 결국은 네 스스로 결정하고 견뎌내야 하는 거야. 부모는 다만 도움을 줄 수 있을 뿐 최종 선택은 늘 너희들의 몫임을 잊지 말거라."

아들의 사복이 기다리던 퇴근길에 아들 방에 들어가서 혼자 울던 부질없음도 이제는 마음 한편에 담아 두었다. 며칠 전 상병 휴가를 다니러 왔을 때에도 혼자서 집을 지키다 귀대하게 했으니 나는 정말 어미 자격이 없는 사람인지도 모른다. 고작 용돈을 주며 먹고 싶은 간식거리를 사 먹으라고 했을 뿐이니 말이다.

아들 녀석은 그 사이에 어른이 되어 가고 있었다. 떡 벌어진 어깨에 손마디마저 굵어진 다부진 손, 꺼멓게 그을린 피부가 안쓰럽기도 하고 마음 아팠지만 자식의 인생은 자식의 어깨에 달려 있다는 평소의 내 소신을 굽히고 싶지 않았다. 이제 나는 남매의 장래를 걱정하지 않는다. 늘 '홀로서기'를 강조하며 자신의 길을 찾도록 길러 온 덕분에 두 아이 모두 바람직하게 성장하여 확실한 가치관과 자아 정체감으로 무장되어 있음을 보았기 때문이다. 딸아이가 대학을 정할 때에도 스스로의 판단과 선택을 믿어 주었으며, 지금도 부단히 공부하고 노력하는 모습을 견지하고 있다.

너나없이 취직이 안 되는 구조적인 어려움 속에 있지만 촌음을 아껴 쓰며 대학 생활과 공무원시험 공부를 병행하여 이미 두 군데의 공무원시험에 합격하여 대학 졸업 후 바로 취업이 보장되었으니 대견하기도 하다. 아침 일찍 영어 학원이 끝나면 대학에 가서 강의를 듣고, 밤 11시까지 다시 공무원시험 공부에 매달린 15개월 만에 찾아온 행운에 감사하고 있다. 때로는 전업 주부로 살지 못해서 자녀 교육에 몰두하지 못한 내 전철을 밟지 말고 좋은 아내, 엄마로 살라고 권유해 보지만, 이미 어려서부터 자립심을 길러 온 터라 엄마처럼 '자기 일도 열심히 하는 사람'으로 살고 싶다고 하니 막을 길이 없다.

이제 돌이켜 보면 내가 살아온 길이 결코 우리 집 두 아이에게 아픔과 서운함만 남긴 건 아니라는 사실이 참으로 감사하게 다가온다. "엄마처럼 살고 싶다"는 그 한 마디가 우리 두 아이에게 품어 왔던 숱한 미안함과 좌절의 시간을 땜질해 주고 있으니 지천명을 바라보는 지금, 다시금 앞을 보고 열심히 살 힘을 얻곤 한다.

남편과 나는 자녀 교육에 드는 경제적인 비용에 매우 인색한 편이었다. 두 사람 모두 가난 속에서 고생으로 일군 오늘이었기에 그러했고, 맞벌이 부부이니 금전적인 부족함을 느끼는 것도 아니었지만, 아이들의 사교육비를 최대한 줄이며 키웠다. 기본 생활 습관과 사회성 교육을 위한 유치원 교육에 1년씩, 교양 교육의 차원에서 6년 동안 피아노 학원, 바둑 학원 한두 달 정도, 컴퓨터 학원 두 달 정도가 초등학교를 마칠 때까지 사교육에 투자한 내용이다. 교과 공부를 위해 개인 과외나 학원 교육을 시키지 않았으니 요즘 같은 사교육 열풍에 비긴다면 강심장을 지닌 엄마임에 틀림없다.

아들아이가 초등학교에 다닐 때 입버릇처럼 쓰던 말 중에 학원에 다니면 놀 시간이 없으니 학교에서 공부를 잘해야 한다는 지론을 펴곤 했다. 초등학교 때가 아니면 언제 노느냐는 아들의 소신 덕분에 초등학교 때부터 컴퓨터 게임에 빠져 있으면서도 학교 공부를 제법 하곤 했다.

중·고등학교 시절 컴퓨터 게임에 빠져 성적이 나쁠 때에도 학교 시험 때에는 긴장해서 공부하는 모습을 보며 어르고 달래서 학원을 한두 달 보내 보았지만 효과가 없었다. 공부에 대한 절박한 필요와 자신의 장래에 대한 의식이 뿌리내리지 못했던 탓이었다. 그런 아들이 고등학교 2학년 여름방학 때부터 기숙사에 들어가면서 철이 들어가더니 눈빛이 달라졌다. 부족한 수학 공부를 위해 자신만의 시간 계획을 세워 차근차근 성적을 높여 가더니 3학년 2학기 때에는 상위 5%에까지 진입하며 가능성을 보여 주었던 것이다. 기숙사에서 선의의 경쟁을 하며 그동안 학업에 얼마나 소홀했었는지를 반성하고 자신을 가다듬던 순간부터 맹렬하게 달리기 시작했다. 몇 년 동안 다잡아 주지 못한 잘못을 자책하던 부모에게 희망을 심어 주더니, 수능시험에서는 평소보다 높은 점수를 받아 본인이 원하던 고려대학교 문과대학에 합격했다. 1, 2학년 내신 성적이 좋지 않으니 3학년 1년 동안 단거리에 매달려 수능 1등급으로 자신의 성적을 상위권으로 밀어올린 아들의 노력에 참 많이 감동했다. 오히려 좀 더 일찍 억지로라도 개인 과외를 시켰더라면 더 나았을 거라는 미안함에 오랜 동안 지켜왔던 사교육에 대한 고집을 후회한 적도 있었다.

그러나 군대에 가서 가장 아쉬운 것이 보고 싶은 책을 보며 공부를 하고 싶다는 편지를 받았을 때 마음이 뿌듯했다. 좀 멀더라도, 돌아서 오더라도 자기 스스로 겪은 시행착오에서 얻은 삶의 지혜가 이제 뿌리내렸음을 확인했기 때문이다. 일류는 못 되어도 자신의 삶에 책임감을 느끼며 최선을 다해 자신의 길을 열겠다는 다부진 각오를 다지며 군 생활을 마치겠다는 전화나 편지를 받을 때면 안도의 숨을 내쉬곤 한다.

최고가 되라고 나무 꼭대기까지 받쳐 준 적도 없고, 맛있는 간식을 준비해 놓고 집에서 기다려 준 적도 없는 어미이지만, 뚜렷한 가치관과 신념을 지닌 젊은이로 커 준 아들과 딸에게 고마움을 느낀다. 부대원 거의 모두가 담배를 피우지만 흔들림 없이 담배 하나 입에 물지 않는 녀석이 기특하다. 자기 몸에 해로운 줄 알면서 굳이 피울 이유가 없단다. 제대하고 복학하면 자취를 하겠다며 요리에도 관심을 보이곤 한다. 뭐든지 제 손으로 하려고 노력해야 한다는 지론을 펴 보이는 모습이 대견하다.

어린 날, 안쓰럽다고 거들어 주고 도와주지 않은 채 '홀로서기'를 강요해 온 부모 덕분에 자기 인생을 늘 점검하게 되었다는 아들의 말이 아프지만 미안해하지 않으려 한다. 어쩌면 우리 집의 가정교육은 유치원에 다니기 전에 끝났는지도 모른다. 어린 나무일 때에는 받침대가 필요하다. 아이 곁에 항상 엄마가 있다는 신뢰감이 필요하므로 최대한 곁에 있어 주려고 애썼다.

힘들게 모유도 먹였고, 주말 부부로 살면서도 갓난아이들을 데리고 남편을 뒷바라지하며 가족간의 신뢰를 쌓으려고 애썼다. 우리 집 두 아이들은 초등학교 1학년 때부터 학교생활에 따르는 자잘한 일들을 스스로 해결하며 자립심을 길렀다. 집에 돌아와서 점심을 먹는 일에서부터 숙제와 준비물을 챙기는 일에 이르기까지 모두 자신들이 해결해야 했으므로 어린 마음에 고생도 많았으리라. 그러나 성적이 떨어지거나 오락 게임에 빠져 학업을 소홀하게 할 때에도 채찍보다는 훈계를 많이 했고, 자신의 인생을 책임져야 한다는 생각을 심어 주며 반성적 사고를 자극했다. 거기에는 기다려 주는 일과 인내심이 필요했지만, 아이들이 곁길로 나가 크게 실망시킨 적은 없었다.

열심히 사는 부모의 모습이 아이들의 마음속에 투영되어 자신들의 길잡이가 되었다고 말하니, 나름대로 자녀 교육에 실패하지 않았음을 자부하게 되었다. 정상적이고 평범하면서도 도리와 인간미를 지닌 한 인격체로 성장했음을 확인하며 이제야 부모로서 보람을 갖게 되었다. 이젠 부모의 받침대를 거두어들일 생각을 하면서도 미안해하지 않기로 했다.

오늘도 전방 부대에서 새까맣게 그을린 살갗을 자랑하며 군장을 메고 산행을 하며 수십 리를 수색하는 동안 자신의 의지와 신념을 굳건하게 한다는 의젓한 아들의 모습이 무척이나 보고 싶다. 대학 공부와 공무원시험 공부를 하느라 야윈 딸아이에게 이제나마 보약이라도 먹여야겠다.

행복한 외출

"여보, 배드민턴 채 어디에 두었지? 저녁 식사 끝나고 자리에 앉으면 일어서기 싫어지니 어서 운동하러 가요."

"여보, 오늘은 다섯 게임 하는 거예요. 진 사람은 이긴 사람이 원하는 다 해주기예요."

나의 일방적인 제안에 그저 빙그레 웃기만 하는 남편. 누가 이겨도 좋은, 그저 함께 하는 그 시간을 감사하는 행복한 외출! 무뚝뚝하기 그지없는 남편의 손에 잡혀 나들이하는 저녁 시간은 이제 우리 부부의 대화 창구이다.

저녁 식사 후에 습관처럼 즐기던 텔레비전 드라마를 뒤로하고 반 강제로 시작한 저녁 운동이 이제는 몸에 익어간다. 오히려 비가 오거나 남편이 회사 일로 회식을 하는 날이면 운동을 하지 않게 되어 즐겁지 못하다.

첫눈에 반해 5년을 기다려 결혼한 남편과 함께 한 시간이 어느덧 22년째이다. 남편은 형제가 많은 시골의 가난한 대학생이었고 나는 가난 때문에 학업을 포기하고 공무원을 하면서 만났다. 대학을 졸업하고 그가 전방 부대로 배치되었던 1980년, 군에 간 그가 군대에서 돌아오지 못하는 것은 아닌가 하고 가슴 졸였던 긴 시간.

우리 부부는 어려운 일이 닥칠 때마다 서로의 진심과 성실함을 무기로 오랜 시간 서로를 바라보며 사랑을 키우던 연애 시절을 반추하며 다시금 처음 사랑을 회복하곤 했다. 자가용도 없던 시절, 맞벌이 부부로 6년 이상을 떨어져 살면서도 주말이면 남매를 데리고 다니며 한 지붕 속에 살기를 갈망했던 젊음의 그 날들이 아름다운 사진첩이 되어 그리워지곤 한다.

지천명을 바라보며 돋아나는 흰 머리카락을 친구 하게 된 지금. 아직도 내 마음은 그를 향한 해바라기를 멈추지 못한 철없는 아내로 살고 있다. 우리 집의 두 아이들은 그런 나를 보며, "엄마는 언제 철이 드실 거예요?"라며 웃어대곤 했는데, 이젠 그 아들도 전방 부대에 있으니 그리운 마음, 보고픈 마음을 누르느라 남편에게 더 철없이 기대는 지도 모른다.

날마다 곁에 있을 것만 같던 아들을 서울의 하숙집에 두고 오던 날은 목이 메고 눈앞이 어른거렸었다. 그나마 지금은 최전방 부대에 있으니 수신자 부담으로 걸려오는 전화가 유일한 통로이다.

맞벌이 부부다 보니 아이들의 운동회나 소풍, 학부모 모임은 물론 졸업식, 입학식까지 챙겨주지 못한 그 미안함이 한꺼번에 밀려와 얼마나 가슴 아팠는지…. 부모는 자식을 해바라기 하고 짝사랑 하며 독립된 인격체로 바르게 설 수 있는 날까지 기다리며 끝없는 이별 연습에 가슴 시린 시간을 보내는 나무인지도 모른다. 어미 나무에 붙어서 잘 자란 열매들이 세상을 향해 날아가는 그 날까지 온몸으로 키워내는 나무처럼….

저녁 나들이 덕분에 멀리 간 아들을 그리워하며 울적해지지 않아서 좋고, 늘어만 가던 몸무게도 일단 정지 상태여서 더욱 좋다. 특히, 남편과 이야기하며 동네 뒤의 야트막한 언덕을 오르며 연애 기분을 만끽하니 중년의 우울증이나 허전함으로 괴로워하지 않으니 얼마나 다행인가?

앞만 보고 달리며 바쁘게 살다 어느 날 갑자기 돌아보니, 아이들은 다 커서 어미의 품을 떠나 자신들의 삶에 바빠한다. 우리 부부 곁엔 마음대로 움직여 주지 아니하는 무거워진 몸과 직장으로부터 받는 긴장감이 키를 재며 기다리는 일상.

그래도 이렇게나마 서로를 바라보며 힘껏 내리치는 배드민턴 공의 쌕쌕 나는 소리에 땀과 함께 시름을 날려 보내고 잠자리에 들면 아침 해가 미소를 짓곤 한다. 어쩌다 운동을 못 하고 잠을 잔 날은 소화가 되지 않아 다음 날까지 고생하곤 한다. 이젠 먹고 싶은 것도 맘대로 먹어서는 안 되는 나이가 된 걸 보면 욕심을 줄여야 할 모양이다.

'오십은 산을 바라보는 나이이며, 육십은 산으로 가는 나이라던가?'

산에 오르려면 몸이 무거워서는 안 되리라. 짐이 가벼워야 하리라. 내겐 남편이면서도 세상에서 가장 소중한 친구인 남편이 건강하여 날마다 작은 산을 오르며 셔틀콕에 우리들의 변함없는 사랑과 건강을 실어주면 좋겠다.

서로 바쁘다 보니 함께 여행가는 일도 드물지만 이렇게 한 시간짜리 짧은 외출도 나에게는 더 없는 행복이다. 아장아장 걷던 두 아이의 손을 잡고 나들이하던 옛일이 못내 그립지만 아이들의 아름다운 미래와 착한 삶을 기원하며 가슴속에 안고 다니니 우린 둘이 나서는 외출이 아니다.

오늘도 변함없이 나는 쫑알대곤 한다.

'여보, 우승 상품을 소개할 테니 선택해요. 첫째, 이긴 사람에게 천 원 짜리 한 장 주기, 둘째, 사랑한다고 세 번 이상 말하기, 셋째, 이긴 사람이 잠들 때까지 흰머리 뽑아주기, 넷째, 이긴 사람이 원하는 것 해 주기입니다.'

할 수만 있다면 네 가지 상품을 그에게 다 주고 싶은 게 나의 희망 사항이다.